지평

L'HORIZON
by Patrick Modiano

이 도서의 국립중앙도서관 출판예정도서목록(CIP)은
서지정보유통지원시스템 홈페이지(http://seoji.nl.go.kr)와
국가자료공동목록시스템(http://www.nl.go.kr/kolisnet)에서 이용하실 수 있습니다.
(CIP제어번호: CIP2014033631)

지평

L'HORIZON

Patrick Modiano

파트릭 모디아노

장편소설

권수연 옮김

문학동네

일러두기

1. 주석은 모두 옮긴이주이다.
2. 본문 중 고딕체는 원서에서 대문자로 강조한 부분이다.

아카코에게

차례

얼마 전부터 보스망스는 젊었을 적의 일화들을 머릿속에 떠올렸다. 이어지지 못하고 덜컥 끊겨버리는 일화들을, 이름 없는 얼굴들을, 스치듯 지나가버린 만남들을. 그 모두는 아주 오래된 과거의 한 시기에 속했으면서 그의 생애의 여타 시기와 연결되지 못한 채 영원한 현재 속에 유예되어 있었다. 그가 아무리 그것들에 대해 혼자 의문을 제기한들 대답이 돌아올 리 없었다. 기억의 파편들은 영원히 불가사의로 남을지도 몰랐다. 그래서 그는 그것들의 목록을 작성하기 시작했고, 어떤 날짜, 특정 장소, 철자가 가물가물한 이름 등 지표가 될 만한 것이나마 찾아내려 애썼다. 그는 검정 몰스킨 수첩을 한 권 구입해서 웃옷 안주머니에 넣고 다녔다. 덕분에 하루 중 어느 때고 깜박거리는 기억이 뇌리를 스치고 지나갈 때마다 메모를 할 수 있었다. 그는 그림 맞추기 놀이에 열중하는 기분이었다. 그런데 그렇게 시간의 흐름을 거슬러가다보니 이따금 후회가 들었다. 왜 그는 다른 길이 아닌 바로 그 길을 걸어왔던가? 왜 그는 그 얼굴이, 심상찮은 모피 모자를 쓰고 개를 줄에 묶어 끌고 가던 그 실루엣이 미지 속으로 사라지도록 내버려두었던가? 될 수 있었으나 되지 못한 것들을 생각하니 현기증이 밀려왔다.

그 기억의 조각들은 삶이 교차로로 점철되는 시기, 앞에 너무도 많은 길이 나타나는 까닭에 어디를 골라야 할지 몰라 당황하게 되는 그런 시기에 속해 있었다. 수첩을 채운 말들을 보고 그는 자신이 언젠가 한 천문학 잡지에 기고했던 '암흑물질'에 관한 기사를 떠올렸다. 또렷한 사건들과 낯익은 얼굴들 이면에 있는, 이제는 하나의 암흑물질이 되어버린 모든 것들이 느껴졌다. 짧은 만남들, 어긋난 약속들, 잃어버린 편지들, 오래전 수첩 속에 적혀 있었지만 이제는 잊힌 이름과 전화번호들, 그리고 의식도 못한 채 마주쳤던 여자들과 남자들. 천문학에서도 그렇지만 이 암흑물질은 삶의 가시적인 부분보다 훨씬 거대했다. 그것은 끝이 없었다. 그리고 그는 그 깊은 암흑 속에서 희미하게 명멸하는 불빛들의 이름을 수첩에 하나하나 적어나갔다. 명멸하는 빛이 너무도 희미한 까닭에 그는 전체를 재구성할 수 있는 소재가 될 만한 작은 실마리들을 찾기 위해 두 눈을 감고 정신을 집중해 보았지만 거기엔 별의 파편과 부스러기들뿐, 전체는 없었다. 그는 차라리 그 암흑물질 속에 몸을 담그고 끊어진 선들을 하나하나 잇고 싶었다. 그랬다, 뒤로 돌아가서 그림자들을 포착하고 그것들을 더 찬찬히 살피고 싶었다. 되지 않았다. 남은 건 이름들을 떠올리는 일뿐. 성을 뺀 이름만이라도. 그 이름들이 자석 역할을 했다. 그 이름들이 무어라 규명할 수 없는 모호한 인상들을 되살렸다. 그 인상들은 꿈에서 온 것일까, 현실에서 온 것일까?

메로베. 성이었나, 이름이었나? 하지만 명멸하는 불빛이 아주 꺼져버릴까 두려워 이 문제에 길게 몰두할 수 없었다. 수첩에 이 이름을 적어넣은 것만 해도 벌써 소득이었다. 메로베. 다른 것으로 생각을 돌리는 척하기. 기억을 밀어붙이지 않고 그것이 자연스럽게 제 스스로 분명한 모습을 드러내도록 하려면 그 수밖에는 없었다. 메로베.

저녁 일곱시경, 보스망스는 오페라 대로를 걷고 있었다. 그때도 이 시간, 증권거래소와 그랑 불르바르에서 가까운 이 동네였던가? 이제 메로베의 얼굴이 떠올랐다. 조끼를 입은 금색 고수머리 청년. 벨보이 같은 복장을 한 모습도 떠올랐다. 레스토랑이나 고급 호텔의 입구를 지키는, 어딘가 조로한 아이 느낌이 나는 그런 벨보이 말이다. 하기야 그 메로베라는 사람도 젊은 나이에 비해서는 노안이었다. 사람의 목소리는 시간이 지나면 잊히곤 한다. 하지만 그 남자의 음색은 아직도 보스망스의 귀에 생생했다. 반항아나 댄디를 표방하는 불순한 발언들을 하면서 내던 금속성 음색, 겉멋 든 어조. 그리고 느닷없이 터뜨리던 노인 같은 웃음. 때는 저녁 일곱시 무렵, 장소는 증권거래소 부근 사무소 건물의 출입구였다. 사무소 직원들이 빽빽하게 무리를 지어 쏟아져나왔는데, 그들의 수가 하도 많아 인도에서 사람들을 떼밀기도 하고 에워싸기도 했다. 메로베가 두세 명의 일행과 함께 건물에서 나왔다. 피부가 희고 몸집이 우람한 청년 하나가 메로베에게 바싹 달라붙어 어딘지 기가 죽은 것 같기도 하고 감탄하는 것 같기도 한 표정으로 줄곧 그의 이야기를 경청했다. 얼굴이 각지고 마른 다른 금발 남자는 색안경을 끼고 손에는 인장 반지를 끼고 있었는데 어지간해서는 입을 열지 않았다. 그들 가운데 최고 연장자는 서른다섯 살쯤 돼 보였다. 보스망스의 기억 속에서 그의 얼굴은 메로베의 얼굴보다 더 선명했다. 투실투실한 얼굴, 불도그 상을 만들던 들창코, 그리고 뒤로 넘겨붙인 갈색 머리. 그는 도무지 웃는 법이 없었고 대단히 권위를 세웠다. 보스망스는 그가 사무소의 소장인가보다 하고 여겼다. 그는 다른 사람들을 교육할 책임이 자기에게 있는 양 근엄하게 말을 했고, 그러면 사람들은 모범생처럼 그의 말을 가만히 들었다. 메로베가 드물게 나서서 건방진 발언을 할 뿐이었다. 그 무리의 남은 사람들은 보스망스에게 떠오르지 않았다. 그림자들. 메로베, 그 이름이 불러일으킨 거북함이 다시금 그를 찾아온 건 두 개의 낱말이 뇌리에 되살아났을 때였다. '즐거운 도당.'

어느 날 저녁, 보스망스가 여느 날처럼 그 건물 앞에서 마르가레트 르 코즈를 기다리는데 메로베, 사무소장, 색안경을 쓴 금발 남자가 제일 먼저 나오더니 그에게 다가왔다. 소장은 밑도 끝도 없이 그에게 물었다.

"즐거운 도당에 합류하겠어요?"

그러자 메로베가 그 노인 같은 웃음을 터뜨렸다. 보스망스는 대답할 말을 찾지 못했다. 즐거운 도당이라고? 소장이 굳은 눈빛으로 아까와 똑같이 근엄한 표정을 지으며 다시 말했다. "우리를 말하는 겁니다, 즐거운 도당이란 건." 소장이 그 말을 하며 착 가라앉은 어조를 구사한 탓에 보스망스는 그 상황이 다소 우습다고 생각했다. 그래도 그는 그날 저녁 그 세 명의 남자를 가만히 쳐다보면서, 커다란 지팡이를 손에 들고 대로를 활보하며 이따금 지나가는 행인을 지팡이로 기습하는 그들의 모습을 상상해보았다. 그때마다 들려올 메로베의 매가리 없는 웃음소리도. 보스망스는 그들에게 말했다.

"즐거운 도당에 대해서는…… 생각해보지요."

남자들은 실망한 것 같았다. 사실 보스망스는 그들을 거의 알지 못했다. 혼자 있다가 그들과 마주친 것도 많아야 대여섯 번이었다. 그들은 마르가레트 르 코즈와 한 사무실에서 일했고, 그에게 그들을 소개한 것도 그녀였다. 갈색 머리 불도그 상이 그녀의 상사였으므로 그녀는 그에게 상냥하게 굴 수밖에 없었다. 어느 토요일 오후, 보스망스는 카퓌신 대로에서 메로베, 소장, 금발 색안경과 마주쳤다. 그들은 어느 체육관에서 나오는 길이었다. 메로베가 자기들과 함께 가서 "마실 것과 마카롱"을 들자며 그를 붙잡았다. 그래서 그는 대로 건너편에 있는 '세비네 후작부인'이라는 이름의 티 살롱 테이블에 앉게 되었다. 메로베는 자신이 사람들을 이끌고 그곳에 왔다는 사실이 아주 흡족한 모양이었다. 그는 그 집 단골다운 태도로 여종업원을 부르더니 똑 떨어지는 목소리로 "차와 마카롱"을 주문했다. 다른 두 사람은 그러는 그를 아주 넉넉한 표정으로 지켜보고 있었고, 보스망스는 평소 근엄하기만 했던 사무소장의 그런 모습에 적잖이 놀랐다.

"그래, 우리 즐거운 도당 건은 결정을 하셨습니까?"

메로베가 보스망스에게 단호하게 질문을 던졌다. 보스망스는 자리를 비울 만한 핑곗거리를 찾았다. 가서 전화통화 할 일이 있다고 둘러대곤 스리슬쩍 사라지면 어떨까. 하지만 마르가레트 르 코즈가 그들과 같은 사무소에서 일한다는 사실이 떠올랐다.

매일 저녁 그녀를 데리러 가니, 어느 날에든 그들을 다시 만날 우려가 있었다.

"그래, 우리 즐거운 도당에 가입할 생각이 있습니까?"

메로베가 재차 물었고, 그 태도는 보스망스에게 딴죽을 걸려는 양 갈수록 공격적이었다. 나머지 두 남자는 꼭 권투경기라도 기대하는 듯한 모습이었다. 갈색 머리 불도그 상은 엷은 미소를 짓고 있었고, 금발은 색안경 너머로 짐짓 태연함을 유지하고 있었다.

"그게 말이죠," 보스망스가 조용한 목소리로 대답했다. "기숙학교 졸업하고 군 제대한 뒤로는 조직이란 게 별로 내키지 않아서요."

메로베는 이 대답에 당황했는지 예의 그 노인네 같은 웃음을 터뜨렸다. 그들은 다른 화제로도 이야기를 나누었다. 사무소장은 자기네가 일주일에 두 번씩 체육관에 들른다고 묵직한 목소리로 보스망스에게 이야기했다. 그곳에서 프랑스식 권투와 유도를 비롯한 다양한 종목의 운동을 한다고 했다. 그곳에는 펜싱장에 펜싱 강사까지 있다고 했다. 그리고 토요일에는 뱅센 숲에서 열리는 크로스컨트리 경기에 등록해서 참가한다고 했다.

"와서 우리와 같이 운동을 하시지그래요."

소장은 마치 명령을 내리는 듯했다.

"분명 운동을 별로 안 하실 것 같은데……"

그러면서 그는 보스망스의 눈을 뚫어져라 바라보았고, 보스망스는 그 시선을 감당하기가 버거웠다.

"자 그러면, 와서 우리와 같이 운동하시는 겁니다?"

불도그를 닮은 그의 너부데데한 얼굴이 미소로 환해졌다.

"다음주 중 하루 괜찮지요? 요 근처 코마르트탱 가 체육관에 등록해드릴까요?"

일이 이렇게 되니 더는 대답할 말이 생각나지 않았다. 그렇다, 그 집요함에 그는 오래전 기숙학교와 군복무 시절이 떠올랐다.

"좀 전에 조직이 내키지 않는다고 하셨으니," 메로베가 날 선 목소리로 말했다. "아무래도 르 코즈 양이 동행하는 편이 더 좋으시겠죠?"

다른 두 남자는 이 말에 불편한 기색을 내비쳤다. 메로베는 줄곧 미소를 지으면서도 보스망스가 어떻게 나올지 저어하는 눈치였다.

"그럼요, 그렇죠. 아마 그럴 겁니다." 보스망스는 나직이 대답했다.

그들은 인도에서 헤어졌다. 세 남자는 군중 속에 섞여 멀어졌다. 사무소장과 금발 색안경은 나란히 걸었다. 메로베는 조금 뒤처져 걷다가 뒤로 돌아 보스망스에게 잘 가라는 손짓을 했다. 그런데 혹 보스망스의 기억이 사실과 다를 수도 있지 않을까? 그건 어쩌면 다른 날 저녁 일곱시에 그가 사무소 건물 앞에서 마르가레트 르 코즈가 나오기를 기다리던 중 있었던 일이었는지도 모른다.

그로부터 몇 년이 흐른 어느 날 새벽 두시경, 보스망스는 택시를 타고 콜리제 가와 프랭클린 루스벨트 대로가 만나는 교차로를 지나고 있었다. 기사가 빨간 신호등 앞에서 차를 멈추었다. 차 앞쪽 인도 가장자리에, 검은 케이프를 두르고 맨발이 훤히 드러난 샌들을 신은 한 남자가 움직이지도 않고 뻣뻣하게 서 있었다. 보스망스는 그가 메로베임을 알아보았다. 얼굴은 핼쑥했고 머리는 바싹 깎아 짧았다. 그는 거기에 하염없이 서 있다가 자동차들이 드문드문 한 대씩 지나갈 때마다 억지에 가까운 미소를 보냈다. 저승의 고객들을 상대로 매춘 호객 행위를 하는 사람이 그와 같았을까. 때는 1월의 밤, 그중에서도 유독 추운 날이었다. 보스망스는 다가가 말을 걸고 싶었으나 상대가 자신을 알아보지 못할 것 같았다. 그는 고개를 돌리고 자동차가 샹젤리제 로터리를 돌 때까지 뒷유리 너머로 그를 바라보았다. 미동도 없는 검은 케이프 차림의 실루엣으로부터 눈을 뗄 수가 없었다. 문득 메로베와 곧잘 같이 다니며 그를 대단히 선망하는 듯 보였던, 덩치 큰 흰 피부의 남자가 떠올랐다. 그 남자는 어떻게 됐을까?

그와 비슷한 유령들이 수십 번, 또 수십 번 더 지나갔다. 대부분은 이름을 붙이기도 불가능했다. 그래서 보스망스는 수첩에 불분명한 정보를 기입할 따름이었다. 포르트 도를레앙과 포르트 드 클리냥쿠르를 잇는 전철에서 매일 같은 시각에 눈에 띄던 흉터 있는 갈색 머리 여자…… 많은 경우 어떤 길이나 어떤 지하철역, 어떤 카페가 과거로부터 유령들이 되돌아오는 걸 돕는 매개가 되었다. 개버딘 레인코트 차림으로 거리를 부랑하던 전직 모델 분위기의 여자도 떠올랐다. 그는 그 여자를 수차례에 걸쳐 각지에서 목격했다. 셰르슈 미디 가에서, 알보니 가에서, 코르비자르 가에서……

파리 같은 대도시에 모여사는 수백만의 사람들 가운데 한 사람을 긴 시간차를 두고, 그것도 매번 먼젓번 장소에서 멀리 떨어진 곳에서 마주칠 수 있다는 사실이 그는 놀라웠다. 그는 지난 이십 년 동안 발행된 〈파리 경마〉를 참조해 확률 계산을 해가며 경마에 돈을 거는 친구에게 그럴 가능성에 대한 견해를 물었다. 하지만 대답은 얻을 수 없었다. 그래서 보스망스는 운명이 때로 고집을 부리는 것이라고 생각했다. 그래서 같은 사람을 두 번이고 세 번이고 마주치는 것이라고. 그리고 그때 우리가 그에게 말을 걸지 않는다면, 그건 유감스럽지만 어쩔 수 없는 일이라고.

사호社號가 무엇이었더라? '리슐리외 대행사' 비슷한 이름이었다. 그래, 그렇게 불러두자. 리슐리외 대행사. 카트르 셉탕브르가의 커다란 건물로 그전에는 한 신문사 사옥이던 곳이었다. 일층에는 카페테리아가 있었는데, 그 겨울 날씨가 아주 궂었던 까닭에 보스망스는 마르가레트 르 코즈를 그곳에서 만난 일도 두세 번 있었다. 그래도 그는 바깥에서 그녀를 기다리는 편이 더 좋았다.

처음 그곳에 간 날, 그는 그녀를 찾으러 사무실로 올라갔었다. 밝은색 나무로 된 커다란 승강기가 보였다. 그는 계단으로 올라갔다. 층마다 회사 이름을 새긴 문패가 쌍여닫이문에 붙어 있었다. 그는 리슐리외 대행사의 문패를 보고 초인종을 눌렀다. 문이 자동으로 열렸다. 사무실 저 안쪽, 위에 유리가 붙은 칸막이벽 너머에 마르가레트 르 코즈가 다른 사람들과 마찬가지로 책상 하나를 차지하고 앉아 있었다. 보스망스가 유리를 톡톡 두드리자 그녀는 고개를 들더니 그에게 내려가서 기다리라는 손짓을 했다.

그는 늘 뒤로 멀찍이 물러나 인도 가장자리에 서 있었다. 째지는 듯한 종소리와 함께 건물에서 한꺼번에 쏟아져나오는 사람들

무리에 휩쓸리지 않기 위해서였다. 처음에는 사람들 틈바구니에서 그녀를 놓치지나 않을까 걱정이 돼서 그녀에게 쉽게 눈에 띄는 빨간 외투를 입는 건 어떠냐는 제안도 했다. 그는 지금 막 들어오는 열차를 탄 누군가를 기다리는 느낌이었다. 앞으로 휙휙 지나가버리는 여행객들 속에서 찾아내야 하는 그 누군가를. 여행객들은 점점 뜸해진다. 하지만 굼뜬 사람들이 저기 맨 끄트머리 객차에서 아직 내리고 있으니 희망이 전부 잦아든 건 아니다……

마르가레트 르 코즈는 리슐리외 대행사의 한 지점에서 이 주 남짓 일했었다. 지점은 본사에서 그리 멀지 않은 노트르담 데 빅투아르 성당 부근에 있었다. 보스망스는 그때도 저녁 일곱시에 라지빌 가 모퉁이에서 그녀를 기다렸다. 오른쪽 첫번째 건물을 나서는 그녀는 혼자였고, 자신을 향해 걸어오는 그녀를 바라보며 보스망스는 이제 마르가레트 르 코즈가 군중 속에 섞여 사라질 염려는 없을 거라는 생각을 했다. 그는 순간순간 그런 두려움을 품었었다. 그녀를 처음 만난 날부터 그랬다.

처음 만난 그날 저녁, 오페라 광장 보행자대피섬에는 시위대가 운집해 있었고, 그들 앞에는 경찰 기동대가 대로를 따라 열을 지어 인간 사슬을 형성하고 있었다. 명목상으로는 공식 행렬의 원활한 통행을 위해서였다. 보스망스는 기동대가 행동을 개시하기 전 군중 사이를 비집고 나가 지하철 입구에 닿을 수 있었다. 그러나 계단을 겨우 몇 걸음 내려갔을까, 뒤에서 밀려들어온 시위대가 앞서 계단을 내려가던 사람들과 뒤엉켰다. 그는 균형을 잃고 비틀거리다 앞에 있던 트렌치코트 차림의 젊은 여자를 붙잡아 끌어당기고 말았고, 두 사람은 다른 사람들의 압박을 받으며 벽으로 떠밀렸다. 경찰차 사이렌 소리가 들렸다. 숨쉬기가 힘들어지려는 찰나 압박이 느슨해졌다. 사람들은 다시 계단을 따라 흘러내려갔다. 퇴근 시간이었다. 두 사람은 함께 지하철에 올랐다. 여자는 조금 전 벽에 부딪치며 상처를 입어 눈두덩에 피가 흘렀다. 두 사람은 두 정거장 지나 지하철에서 내렸고, 보스망스는 여자를 약국으로 데려갔다. 약국을 나와 두 사람은 나란히 걸었다. 여자는 눈두덩에 반창고를 붙이고 있었고, 트렌치코트 깃에는 피가 한 방울 묻어 있었다. 거리는 고요했다. 두 사람 말고는 아무도 없었다. 어둠이 내렸다. 뤼 블뢰.* 보스망스는 그 거리 이름이 비현실적이라고 생각했다. 꼭 꿈을 꾸는 것 같았다. 여러 해가 흐른 뒤, 그는 우연히 다시 그 거리에 들어섰다. 그리고 문득 든 생각에 그 자리에서 발걸음을 멈추었다. 우리는 과연 두 사람이 처음 만난 날 서로 나누었던 말들이, 마치 그것들이

---

* Rue Bleue. '푸른 거리'라는 뜻.

입 밖으로 아예 나와보지 못한 것처럼 그저 무無 속에 흩어져 사라져버렸다고 단언할 수 있을까? 그러면 그 나직한 목소리들은? 지난 백 년 동안 전화로 나누었던 그 대화들은? 귀에 대고 속삭였던 그 무수한 말들은? 하도 하찮아서 하릴없이 망각되어버린 그 모든 문장의 조각들은?

"마르가레트 르 코즈예요. 르와 코즈를 띄어서 써요."

"이 동네에 사십니까?"

"아뇨, 오퇴유 쪽에요."

혹 이 모든 말들이 세상이 다하는 날까지 허공에 그대로 걸려 있어, 조금만 침묵하고 주의를 기울여도 그 메아리를 붙잡을 수 있는 것이라면?

"그러면 이 근방에서 일을 하십니까?"

"네, 회사원이에요. 그쪽은요?"

보스망스는 여자의 차분한 음성이, 마치 산책을 나온 것 같은 여유롭고 느릿한 걸음걸이가, 눈두덩에 붙은 반창고나 겉옷에 남은 핏자국과는 전혀 어울리지 않는 평온함이 놀라웠다.

"아, 저는…… 서점에서 일합니다."

"재미있겠네요."

그 말투는 정중하고도 거리감이 있었다.

"마르가레트 르 코즈, 브르타뉴 이름이죠?"

"네."

"그러면 브르타뉴에서 나셨어요?"

"아뇨, 베를린에서요."

여자는 질문들에 대단히 성의 있게 답했지만, 보스망스는 그녀가 더는 이야기를 풀어놓지 않으리라 생각했다. 베를린. 그리고 두어 주가 지난 어느 날 저녁 일곱시, 그는 길가에서 마르가레트 르 코즈를 기다렸다. 메로베가 맨 처음 밖으로 나왔다. 레노마라는 당대 디자이너가 내놓은 어깨가 꼭 끼는 양복을 쫙 빼입고 있었다.

"오늘 저녁에 우리와 같이 가시겠습니까?" 메로베가 그 금속성의 목소리로 보스망스에게 말을 건넸다. "놀러갈 거거든요. 샹젤리제에 있는 클럽인데, '페스티벌'이라고……"

그는 그곳이 마치 파리 유흥문화의 명소라도 되는 양 '페스티벌'이라는 이름을 진지하게 입에 올렸다. 보스망스는 초대를 사양했다. 그러자 메로베가 그의 앞에 버티고 서면서 말했다.

"옳아, 독일 아가씨와 어울리는 게 더 좋으신가보죠."

보스망스에게는 타인의 공격에 그것이 모욕이든 도발이든 절대로 반응하지 않는다는 원칙이 있었다. 그저 생각에 잠긴 듯한 미소로만 되받을 뿐. 자신의 키와 덩치를 생각했을 때, 육탄전을 벌인다면 대부분의 사람들은 그의 상대가 되지 못할 것이었다.

그리고 이러니저러니 해도, 사람들은 그런 일을 벌일 만큼 무례하지는 않았다.

처음 만난 그 저녁, 보스망스와 마르가레트 르 코즈는 줄곧 함께 걸었다. 그러다 트뤼덴 대로에 닿았다. 어디서 시작해 어디서 끝나는지 모르겠다고들 말하는 길. 아마도 사방이 막힌 고립지 혹은 공터처럼 보이는데다 지나가는 자동차도 뜸하기 때문이리라. 두 사람은 벤치에 앉았다.

“회사에서는 무슨 일을 하십니까?”

“비서 일이요. 독일어 문서도 번역하고요.”

“아, 맞아요. 베를린에서 태어나셨다고……”

보스망스는 이 브르타뉴 여자가 왜 베를린에서 태어났는지 알고 싶었지만, 여자는 말이 없었다. 그녀가 시계를 보며 말했다.

“제일 붐비는 시간이 지나갈 때까지 기다렸다가 지하철을 타려고 하는데……”

그래서 두 사람은 롤랭 고등학교 맞은편에 있는 카페에 들어가 기다렸다. 보스망스는 두세 해를 그 학교에서 기숙생으로 지냈다. 그곳 말고도 파리와 지방을 오가며 수많은 기숙학교를 거쳤었다. 그는 밤이 되면 기숙사를 빠져나와 조용한 대로를 따라 피갈 지구의 불야성으로 향하곤 했다.

“대학 공부는 하셨습니까?”

그가 여자에게 이런 질문을 던진 건 롤랭 고등학교가 바로 앞에 있었기 때문일까?

"아뇨, 안 했어요."

"저도 안 했습니다."

트뤼덴 대로의 이 카페에 이 여자와 마주앉아 있다니, 얼마나 재미있는 조홧속인가…… 카페 앞 인도를 따라서 조금 더 가면 '상업전문학교'가 나온다. 갈색 머리에 볼이 통통하고 늘 패딩부츠를 신고 다녔으되 이름은 잊어버린 그의 롤랭 고등학교 동급생이 그 '상업전문학교'에 등록하자며 그를 부추겼었다. 보스망스가 그 학교에 등록한 건 오로지 징집 시기를 미루기 위해서였다. 학교는 고작 이 주 다녔을 뿐이다.

"반창고를 계속 붙이고 있어야 할까요?"

여자가 손가락으로 눈두덩과 그 위에 붙은 반창고를 문지르며 말했다. 보스망스는 다음날까지는 그대로 붙이고 있어야 하지 않을까 생각했다. 그는 여자에게 아프냐고 물어보았다. 그녀는 어깨를 으쓱하며 대답했다.

"아뇨, 별로 아프지는 않고…… 조금 전에는 숨막혀 죽는 줄 알았어요."

그 지하철 입구, 그 인파, 그 만원 열차, 매일매일, 똑같은 시간…… 보스망스는 어디에선가 사람과 사람의 첫 만남은 마치 가벼운 상처처럼 두 사람에게 남아 그들을 고독과 무감각으로부터 깨워 일으킨다는 말을 읽었다. 후일 마르가레트 르 코즈와의 첫 만남을 회상하면서 그는 그 만남은 바로 그렇게, 바로 그곳, 그 지하철 입구에서, 서로 맞부딪치면서 일어날 수밖에 없었던 거라고 생각했다. 그렇다면 두 사람이 다른 어떤 날 같은 시각 같은 장소에서 같은 인파에 섞여 바로 그 계단을 내려갔으면서도 서로를 보지 못한 채 같은 열차에 올랐을지도 모르는 일…… 하지만 정말로 그랬을까?

"그래도 이 반창고는 떼어내고 싶은데……"

여자는 엄지와 검지로 반창고 끝을 집어 당겨보려 했지만 성공하지 못했다. 보스망스가 여자 곁으로 가까이 다가가며 말했다.

"잠깐만요, 제가 도와드릴게요."

그는 조심스레 반창고를 잡아당겼다. 마르가레트 르 코즈의 얼굴과 그의 얼굴이 바싹 가까워졌다. 여자는 애써 미소를 지었다. 드디어 그가 결연한 동작으로 반창고를 완전히 떼어내는 데에 성공했다. 여자의 눈두덩 위에 피가 맺힌 멍자국이 남아 있었다.

그의 왼손은 여자의 어깨 위에 얹힌 채였다. 그녀가 말간 눈으로 그를 바라보며 말했다.

"내일 아침에 출근을 하면, 사람들이 제가 누구랑 치고받고 싸운 줄 알겠어요."

보스망스는 그런 '사고'도 겪었는데 며칠 휴가를 낼 수 없느냐고 물었다. 여자는 참 순진한 소리를 한다는 듯 그를 보며 웃음 지었다. 리슐리외 대행사에서는 행여 결근이라도 했다가는 자리가 없어졌던 것이다.

두 사람은 보스망스가 롤랭 고등학교 기숙사에서 빠져나와 걷던 바로 그 길을 따라 피갈 광장까지 걸었다. 지하철 입구에 닿았을 때, 그는 여자에게 집까지 바래다주겠다고 말했다. 다쳐서 많이 힘들지 않겠어요? 아니에요. 더구나 이 시간에는 계단이며 통로며 지하철이 텅텅 비어서 아무 걱정 없어요.

"언제 한번 제 퇴근 시간에 맞춰 오세요. 일곱시에 회사 출입구 앞으로요." 여자가 그 차분한 음성으로 말했다. 이제부터는 자연스레 그리되는 것 아니냐는 듯. "카트르 셉탕브르 가 25번지예요."

둘 중 누구도 주소를 적을 펜이나 종이를 가지고 있지 않았지만, 보스망스는 여자에게 장담했다. 그는 길 이름과 건물 번지수를 잊는 법이 없다고. 그것이 대도시의 무관심과 익명성에 맞서 싸우는, 그리고 어쩌면 삶의 불확실성에 맞서 싸우는 그 나름의 방식이었다.

여자가 계단을 내려가는 동안 그는 눈으로 그녀를 좇았다. 그런데 만일 그가 저녁에 회사 앞에서 그녀를 기다려봐야 헛일이라면? 그녀를 다시는 못 볼 수도 있다는 생각이 드니 불안감이 밀려왔다. 그는 모든 첫 만남은 상처라는 말이 어느 책에 쓰여 있었는지 기억해내려 애썼으나 헛수고였다. 아마 롤랭 고등학교 시절에 읽은 책인 것 같았다.

보스망스가 회사 앞으로 마르가레트 르 코즈를 데리러 간 첫날, 그녀는 아치형 출입구를 지나 밖으로 나오는 사람들 틈바구니에서 팔을 들어 그에게 알은체를 했다. 그녀는 그 사람들, 즉 메로베, 갈색 머리 불도그 상, 금발 색안경과 동행이었다. 그녀는 그들을 '회사 동료들'이라 부르면서 그에게 소개했다.

메로베가 조금 떨어진 곳에 있는 카페 '르 피르마망'으로 가서 한잔하자고 제안했다. 보스망스는 그의 금속성 목소리에 적잖이 놀랐다. 마르가레트 르 코즈가 보스망스를 흘긋 쳐다보더니 메로베를 향해 돌아서서 말했다.

"저는 더 있을 수 없어요. 오늘은 일찍 가봐야 해서……"

"아, 네, 그러세요?"

그러더니 메로베는 그녀를 무례하게 빤히 쳐다보았다. 그러곤 보스망스 앞에 떡 버티고 서서 곤충처럼 키득거리는 특유의 웃음을 터뜨렸다.

"제가 보기엔 이쪽 분이 르 코즈 양을 우리에게서 빼앗아가려는 것 같은데요?"

이 말에 보스망스는 생각에 잠긴 듯 이렇게 대답했다.

"아, 네…… 그런 것 같습니까?"

카페에서 그는 마르가레트 르 코즈 옆에 앉았고, 그 바람에 두 사람은 세 남자와 마주앉게 되었다. 갈색 머리 불도그 상은 기분이 좋지 않은 듯했다. 그는 마르가레트 르 코즈 쪽으로 몸을 숙이더니 이렇게 말했다.

"보고서 번역은 곧 끝마치는 거죠?"

"내일 저녁에요, 소장님."

그녀가 소장님이라고 부른 불도그 상은 다른 사람들에 비해 나이가 훨씬 많았다. 그래, 서른다섯쯤 돼 보였다.

"일 이야기를 하려고 온 게 아니잖아요." 메로베가 불도그 상을 쏘아보며 말했다. 마치 매를 벌기로 작정한 버릇없는 어린아이 같았다.

불도그 상은 그런 발언에는 익숙하다는 듯, 그리고 메로베에게 모종의 아량을 품고 있는 듯 잠자코 있었다.

"우리 직원이랑 치고받은 게 당신이에요?"

메로베가 마르가레트 르 코즈의 눈두덩을 보스망스에게 가리키며 느닷없이 질문을 던졌다.

여자는 가만있었다. 보스망스는 그 말을 듣지 못한 척했다. 침묵이 흘렀다. 카페 종업원은 그들의 테이블을 찾지 않았다.

"뭘 마실까요?" 금발 색안경이 물었다.

"가서 250cc를 거품 없이 다섯 잔 달라고 하지." 메로베가 잘라 말했다.

금발 색안경은 일어나서 카운터로 걸어가 주문을 했다. 마르가레트 르 코즈가 보스망스와 시선을 맞추었다. 보스망스는 그것이 공모의 눈빛 같다고 생각했다. 그는 침묵을 깰 말을 찾았다.

"그래, 한 사무실에서 다 같이 일하시는 건가요?"

입 밖으로 꺼내자마자 자신의 말이 한심하게 들렸다. 그래서 이제부터 대화를 이으려는 노력을 일절 하지 않겠다고 다짐했다. 절대 하지 않겠다고.

"한 사무실은 아니에요." 메로베가 대답했다. "소장님은 따로 쓰시는 사무실이 있습니다."

그러면서 그는 엄숙한 표정을 짓고 있는 갈색 머리 불도그 상을 가리켰다. 그리고 다시 침묵. 마르가레트 르 코즈는 잔에 손을 대지 않았다. 보스망스도 그 시간에 맥주를 마시고 싶은 생각이 영 없었다.

"근데 선생은 무슨 일을 하십니까?"

질문을 던진 사람은 갈색 머리 불도그 상이었는데, 보스망스를 향해 지어 보이는 묘한 미소는 그의 굳은 시선과 어울리지 않았다.

그 순간 이후의 그들의 얼굴, 그들의 목소리는 마르가레트의 얼굴을 제외하곤 긴 세월 속으로 사라진다. 돌아가던 음반은 끽끽 소리를 내다가 일순간 뚝 멈추고 만다. 그게 아니라도, 이름을 왜 '르 피르마망'*이라고 붙였는지 보스망스가 영원히 알 수 없을 그 카페는 곧 문을 닫을 시간이었다.

두 사람은 지하철역까지 걸었다. 그날 밤 마르가레트 르 코즈는 새 직장을 구해서 리슐리외 대행사 및 방금 만난 동료들과 완전히 연을 끊고 싶다고 보스망스에게 털어놓았다. 매일 구인 광고를 읽으며 자신에게 또다른 지평을 열어줄 문구가 눈에 띄기를 고대한다면서. 오페라 광장에 도달하니 지하철 입구로 들어가는 사람들이 드문드문했다. 퇴근 시간이 지난 뒤였다. 보행자 대피섬 주변과 카퓌신 대로에 도열했던 경찰 기동대도 없었다. 그저 남자 두셋이 오페라 극장 앞에 커다란 렌터카들을 세워놓

* Le Firmament. '창공'이라는 뜻이다.

고 올 기미가 보이지 않는 손님을 기다리고 있었다.

계단을 내려갈 때, 보스망스는 요전날처럼 과격한 몸싸움으로부터 보호하려는 양 여자의 어깨를 감싸쥐었다. 하지만 통로는 텅 비었고, 플랫폼에서 열차를 기다리는 사람도 그 둘뿐이었다. 그는 지하철을 타고 한참을 달리던 길, 그 길 끝에 도착한 오퇴유에 있던 마르가레트 르 코즈의 방을 기억한다.

그는 여자가 왜 그렇게 멀리 떨어진 동네에 집을 구했는지 궁금했다.

"더 안전하니까요." 여자는 이렇게 대답했다. 그러더니 이내 고쳐 말했다. "더 조용하니까……"

보스망스는 그녀의 눈빛에서 위험에 빠진 사람의 두려움 같은 것을 포착했다. 그리고 어느 날 일과가 끝나고 그녀의 집 바로 근처에 있던 알제리인 자크의 술집에서 만났을 때, 그는 그녀에게 회사 동료들 말고 파리에 아는 사람들이 또 있느냐고 물어보았다. 그녀는 잠깐 망설이더니 대답했다.

"아뇨, 없어요. 당신 말고는……"

여자가 파리에 산 건 고작 전해부터였다. 그전에는 프랑스의 지방과 스위스에서 살았다.

보스망스는 퇴근 시간에 마르가레트 르 코즈와 함께 지하철에 몸을 싣고 달리던 긴 여정을 떠올렸다. 검은 수첩에 메모를 하기 시작한 뒤, 그는 그녀가 사람들에 섞여 회사 건물에서 나오는 꿈을 두세 차례 꾸었다. 다른 꿈에서는 또다시 두 사람이 계단에서 뒤로 밀려들어오는 사람들에게 떼밀리고 짓눌려 벽에 바싹 붙어 있었다. 그는 소스라쳐 잠에서 깼다. 그때 뇌리를 스쳐가는 생각이 있어, 그는 다음날 그것을 수첩에 옮겨 적었다. '그 시절, 마르가레트와 함께 군중 속에서 길을 잃은 느낌.' 보스망스는 클레르퐁텐 사에서 나온 오래된 녹색 공책 두 권을 찾아냈다. 공책은 깨알같이 써내려간 글로 빽빽하게 채워져 있었는데, 그 글을 쓴 이는 다름아닌 그 자신이었다. 마르가레트 르 코즈를 만나던 해에 끼적거리던 것으로 일종의 소설이었다. 공책을 한 장 한 장 넘기면서, 그는 자신의 보통 필적보다 훨씬 빽빽하게 쓰인 그 글을 보고 놀랐다. 그리고 무엇보다 여백까지 전부 글이 차 있고, 줄 바꾸기와 쪽 바꾸기를 전혀 하지 않은 탓에 원고에 빈 공간이 전혀 없다는 사실이 특히 눈에 띄었다. 아마 숨이 조여오는 느낌을 표현하는 그 나름의 방식이었을 것이다.

때때로 그는 오후에 마르가레트 르 코즈가 집을 비운 사이 그녀의 집에 들어앉아 글을 쓰기도 했다. 경사진 벽에 난 창문은 방치돼버린 정원을 향해 있었고, 정원 한가운데에는 자줏빛 너도밤나무 한 그루가 서 있었다. 그해 겨울 그 정원은 눈으로 덮여 있었고 달력상으론 아직 봄이 시작되는 날이 오기 전이었는데도 나무 잎사귀들이 유리창에 닿을락 말락 손을 뻗고 있었다. 그런데 세상과 유리된 그 안락한 방에서 공책에 써내려간 글이 대체 왜 그토록 빽빽했던 것일까? 그가 쓴 글은 대체 왜 그토록 음울하고 숨막혔던 것일까? 쓰던 당시에는 전혀 떠올리지 못한 의문들이었다.

토요일과 일요일에 그 동네에 있으면 세상 모든 것으로부터 멀어진 느낌이었다. 그가 회사 앞으로 마르가레트 르 코즈를 데리러 갔다가 메로베를 비롯한 사람들과 처음 어울리게 된 바로 그날에도 그녀는 그에게 휴일에도 집 근처 동네에 있는 걸 좋아한다고 말했었다. 그녀의 동료들은 그녀가 어디에 사는지 알았을까? 그럴 리 없었다. 그들이 사는 곳을 물었을 때 그녀는 학생 기숙사에서 살고 있노라고 말했다. 그녀는 근무 시간 이외에는 그들과 만나지 않았다. 아무도 만나지 않았다. 어느 토요일 저녁 오퇴유에서 알제리인 자크의 술집에 들어가 가게 안쪽 색유리창 앞에 놓인 테이블에 앉아 있을 때, 보스망스가 그녀에게 말했다.

"내가 제대로 파악한 거라면, 당신은 이곳으로 피신해서 가짜 이름으로 살고 있어요."

마르가레트 르 코즈는 웃었지만 그것은 억지웃음이었다. 그녀는 그런 종류의 유머를 별로 좋아하지 않는 모양이었다. 집으로 가는 길에 페르상 가 모퉁이를 지나다가 그녀는 갑자기 걸음을 멈추었다. 무슨 고백이라도 하려고 작정한 사람 같았다. 아니면 저 앞 아파트 문 앞에서 혹 누군가 그녀를 기다리고 있을까봐 두려웠던 걸까?

"몇 달 전부터 나를 찾아다니는 남자가 있는데……"

보스망스가 그 남자가 누구냐고 묻자, 그녀는 어깨를 으쓱했다. 아마도 그에게 비밀한 사정을 털어놓은 걸 곧바로 후회하고 있었으리라.

"전에 알던 남잔데……"

"그런데 그 남자가 겁나요?"

"네."

이제 그녀는 한시름 놓은 듯했다. 그녀는 미동도 없이 그 말간 눈으로 보스망스를 바라보았다.

"그 남자가 당신 주소를 알아요?"

"아뇨."

그 남자는 그녀의 직장이 어디인지도 모른다고 했다. 보스망스는 그녀를 안심시키려 애썼다. 파리는 넓다. 퇴근 시간의 혼잡한 사람들 틈바구니에서 누군가를 찾아낸다는 건 불가능하다.

당신과 나, 둘 다 군중 속에서는 눈에 띄지 않는다. 우리는 무명씨다. 마르가레트 르 코즈라는 사람을 어떻게 분간해낼 수 있겠나? 장 보스망스는 또 어떻고? 보스망스는 여자의 어깨를 감쌌다. 두 사람은 페르상 가를 걸었다. 날이 저물었다. 그들은 빙판에서 행여 넘어질세라 조심했다. 두 사람을 둘러싼 침묵. 성당의 종소리가 들려왔다. 보스망스는 여자를 자기 쪽으로 더 바싹 끌어안으며 목소리를 높여 타종 수를 셌다. 밤 열한시. 그 시간에 그 동네에서 문을 연 곳은 푸생 가에 있는 알제리인 자크의 술집뿐이었다. 보스망스는 파리에서 아주 멀찍이 떨어져 있는 느낌이 들었다.

"그 누구도 여기 있는 당신을 찾아낼 수 없어요."

"그럴까요?"

여자는 수심에 찬 표정으로 저 앞 아파트 출입구를 응시했다. 아무도 없었다. 어떤 날이면 그녀는 그 생각을 잊었다. 또 어떤 날이면 보스망스에게 꼭 회사 앞으로 데리러 와달라고 부탁을 했다. 그녀는 '그 남자'가 자신의 행방을 알아냈을까봐 두려워했다. 보스망스는 더 자세히 알았으면 했지만 그녀는 세세하게 이야기하기를 꺼렸다. 보스망스는 무사한 순간이 지속되는 동안 그녀가 마침내 모든 걸 잊어버리기를 바랐다.

어느 토요일 저녁, 두 사람은 오퇴유의 한 극장에서 나왔다. 마르가레트 르 코즈가 어떤 남자가 뒤에서 따라오는 것 같다고 보스망스에게 말했다. 그가 뒤를 돌아보자 그녀는 그의 팔을 붙잡아 끌며 걸음을 재촉했다. 정말로 한 남자가 이십여 미터 간격을 두고 그들 뒤에서 걸어오고 있었다. 보통 키에 더플코트 차림이었다.

"기다려볼까요?" 보스망스가 짐짓 쾌활한 목소리로 물었다.

여자가 그의 팔을 붙들고 앞으로 이끌었다. 하지만 그는 움직이지 않았다. 남자가 가까이 다가왔다. 그러곤 두 사람은 상관않고 그들 앞을 지나쳐 갔다. 아니었다. 다행히도 그는 그녀가 의심하던 남자가 아니었다.

페르샹 가의 그녀 집으로 돌아왔을 때, 보스망스는 농담하듯 말했다.

"그 남자 말인데요…… 아무래도 어떤 사람인지 아는 게 좋겠어요. 혹 길에서 보면 알아볼 수 있게."

갈색 머리, 나이는 삼십대, 키는 큰 편, 갸름한 얼굴. 마르가레트는 전반적으로 애매모호하게 남자의 인상을 설명했다. 그래도 보스망스는 궁금한 걸 계속 물었다. 아니, 그 남자는 파리에 살지 않는다고 했다. 지방 아니면 스위스에 있을 때 만난 남자인데 잘 기억이 나지 않는다고 했다. 잘못된 만남이었다고 했다. 그럼 그 남자가 하는 일은? 잘은 모르지만 일종의 외판원으로, 늘 지방 호텔을 전전하며 이따금 파리에도 온다고 했다. 그녀는 말을 하면 할수록 회피하며 숨어들어갔고, 보스망스는 그녀가 두려움을 떨쳐버릴 요량으로 그 남자에게 안개를 드리우고 자신과 남자 사이에 불투명한 유리벽을 세우는 거라고 생각했다.

그날 밤 여자의 방에서 보스망스는 그녀에게 그런 건 하등 문제될 것이 없다고 말했다. 그런 남자는 그냥 무시해버리면 그만이고, 설사 어느 날 그치가 나타나더라도 눈길 한 번 주지 않고 지나쳐버리면 그만이라고. 더구나 그녀만 피하고 싶은 사람이 있는 처지가 아니라고. 그 자신 또한 파리의 어떤 구역들을 지나갈 때면 그때마다 두렵다고.

"그럼 당신도…… 마주칠까봐 겁나는 사람이 있어요?"

"오십대 남녀 한 쌍을 떠올려봐요." 보스망스가 말했다. "여자는 빨간 머리에 매정한 눈빛, 남자는 갈색 머리인데 꼴이 꼭 환속한 신부예요. 그 빨간 머리 여자가 우리 어머니예요. 물론 호적을 그대로 믿는다면 말이지만."

청춘의 한때, 보스망스가 위험을 무릅쓰고 센 가나 그 인근에 발을 들였다가 운 없게도 그 남녀와 마주칠 때면 그때마다 같은 일이 벌어졌다. 그의 어머니는 턱을 공격적으로 쳐들고 그를 향해 뚜벅뚜벅 걸어와 돈을 요구했다. 마치 어린아이를 을러대는 듯한 위압이 담긴 목소리였다. 갈색 머리 남자는 멀찍이 떨어져 가만히 서서, 마치 이 세상에 살고 있다는 사실에 수치심을 느끼게 해주려는 양 보스망스를 매섭게 노려보았다. 보스망스는 그 두 사람이 자신에게 왜 그런 경멸감을 표출하는지 알 수 없었다. 그는 지폐가 몇 장 나왔으면 좋겠다고 생각하며 주머니를 뒤졌다. 돈을 내밀면 그의 어머니는 후딱 그것을 잡아챘다. 그리고 두 사람은 저멀리 함께 사라졌는데, 그 모습이 하도 꼿꼿하고 당당해서 남자의 품새가 꼭 투우사 같았다. 그러고 나면 보스망스에게는 지하철 표를 살 돈도 남지 않았다.

"그런데 왜 그 사람들에게 돈을 줘요?"

여자는 보스망스가 들려준 이야기에 정말 놀란 모양이었다.

"진짜 어머니 맞아요? 다른 가족은 없어요?"

"없어요."

여자는 대화를 하면서, 어느 날 회사 앞에서 그녀를 기다리고 있지나 않을까 두려워하던 남자의 존재를 잠시나마 잊었다.

"잘못된 만남은 누구에게나 일어날 수 있어요." 보스망스가 말했다.

그리고 덧붙이기를, 그 남녀는 그후에도 여러 번 14구에 있는 그의 집으로 찾아와 문을 두드리고는 돈을 요구했다고 했다. 그는 딱 한 번 문을 열어주지 않았다. 하지만 그들은 나중에 다시 찾아왔다. 남자는 길에서 기다렸다. 여전히 검은색 옷차림이었고, 고개는 빳빳이 쳐들고 있었다. 그의 어머니는 위로 올라와 마치 집주인이 오랫동안 집세가 밀린 세입자를 상대하듯 단호한 목소리로 돈을 달라고 했다. 그는 창문으로 두 사람이 언제나처럼 꼿꼿하고 당당한 모습으로 저멀리 사라지는 것을 바라보았다.

"다행히 집을 옮겼으니까, 그 둘은 이제 내게서 돈을 뜯어내지 못해요."

그날 밤 보스망스는 여자에게 몇 가지를 더 물어보았다. 그녀는 리슐리외 대행사에서 일한 뒤부터 그 남자의 소식을 더는 듣지 못했다고 했다. 그녀도 남자가 자신을 추적하지 못하도록 거처를 옮긴 터였다. 오퇴유에 자리를 잡기 전 그녀는 개선문 근처에 있는 몇몇 호텔을 전전했는데, 그중 하나가 브레 가에 있었다. 그리고 거기서 남자는 결국 그녀를 찾아냈다. 그녀는 짐도 미처 꾸리지 못한 채 한밤중에 호텔에서 도망쳐나왔다고 했다.

"그러면 이젠 겁낼 게 하나도 없네요." 보스망스가 말했다. "그치는 그쪽에서 죽어라고 염탐이나 하겠죠."

그 말에 여자는 웃음을 터뜨렸고, 그 웃음에 보스망스는 안도했다. 그 남녀 또한 다시 돈을 뜯어내려고 그가 전에 살던 집에서 기다리고 있을지도 모를 일이었다. 그는 길에 진을 친 두 사람을 떠올려보았다. 뱃머리에 조각된 인물 조상彫像처럼 고개를 높이 쳐든 붉은 머리의 여자와 꼿꼿한 투우사 품새의 남자를.

"그런데 그 남자, 이름이 뭐예요?" 보스망스가 물었다. "이름 정도는 말해줄 수 있잖아요."

여자는 잠시 망설였다. 그녀의 눈빛에 우려의 기색이 스쳤다.

"부아야발."

"성만 알아요?"

그녀는 대답하지 않았다. 다시 걱정스러운 마음이 드는 것 같았다. 보스망스는 더 묻지 않았다.

그날 밤엔 눈이 내렸다. 그가 마르가레트에게 말했다. 그냥 이렇게 생각하기로 해요. 우리는 지금 파리에서 아주 멀리 떨어진 곳에, 산속에, 앙가딘 어디쯤에 들어와 있다고. 부드럽게 입에 감기는 세 음절의 지명에 두 사람의 마음은 편안히 누그러지고, 그들은 그 모든 잘못된 만남을 잊었다.

부아야발. 보스망스는 마르가레트에게 그토록 커다란 두려움을 안기는 자의 이름을 끌어냈다는 사실이 만족스러웠다. 일단 이름을 알면 위험에 맞설 수 있다. 그는 부아야발이라는 자의 마수를 벗어나겠다고 마르가레트 몰래 결심했다. 자신이 붉은 머리의 여자—이른바 그의 어머니—와 환속 신부를 닮았다고 해야 할지 가짜 투우사 같다고 해야 할지 망설여지는 시커먼 옷차림을 한 남자의 마수에서 벗어났듯이.

시간이 흘렀고…… 어느 날 보스망스는 센 가를 걷고 있었다. 그 구역은 붉은 머리 여자와 환속 신부가 출몰하던 먼 옛날에 비해 꽤 바뀌어 있었다. 그런데 그가 걷는 인도 저쪽에서 장신의 여자 하나가 지팡이를 짚고 그를 향해 걸어오는 것이 보였다. 비록 삼십 년 동안 보지 못했지만 그는 멀리서도 여자를 알아보았다. 호적에 따르면 그의 어머니인 여자. 여자의 머리는 이제 붉지 않고 하얗게 셌다. 그녀는 군복 비슷한 진녹색 트렌치코트를 입고 등산화를 신고 있었으며, 봇짐처럼 생긴 가방을 어깨에 메서 몸 앞으로 늘어뜨리고 있었다. 그녀는 확고한 걸음걸이로 걸었다. 걸음걸이만 봐서는 등산용 스틱처럼 생긴 지팡이는 필요 없어 보였다.

여자도 그를 알아보았다. 그는 예전에 카페 '프레스'가 있던 지점에서 발을 멈추고 마치 메두사라도 만난 것처럼 온몸이 굳은 채 여자의 눈을 바라보았다. 여자가 턱을 힘주어 내밀고 도발하듯 그를 쏘아보았다. 그러곤 그가 알아듣지 못하는 거친 외국어로 그에게 욕지거리를 잔뜩 내뱉었다. 그녀는 지팡이를 번쩍 들어 그의 머리를 후려치려 했다. 하지만 그의 키가 더 컸던 탓에 지팡이는 그의 어깨에 와서 부딪혔고 그는 호된 아픔을 느꼈다.

그는 뒤로 물러섰다. 쇠굽 박힌 지팡이 끝이 그의 목을 스쳤다. 여자는 이제 지팡이를 짚고 섰다. 몸은 아주 꼿꼿했고, 턱은 여전히 도도했으며, 보스망스를 쏘아보는 두 눈은 예전보다 훨씬 작아지고 더 서늘해진 듯했다.

그는 점잖게 한쪽으로 물러나 여자에게 길을 터주었다.

"부인 먼저……"

여자는 움직이지 않았다. 그러더니 강압적인 동작으로 손바닥을 쫙 펴서 앞으로 내밀었다. 하지만 보스망스의 수중에는 돈이 없었다.

그는 다시 가던 걸음을 옮겼다. 마자린 가의 작은 공원 근처에 다다랐을 때 그는 뒤를 돌아보았다. 저멀리서 여자가 도도한 태도로 그를 지켜보며 가만히 서 있었다. 손으로 목을 훑었더니 손가락 끝에 피가 묻어났다. 지팡이에 상처를 입은 것이다. 아, 한때 우리를 고통에 빠뜨렸던 것들이 세월이 흐른 뒤에는 얼마나 하찮아 보이는지. 그리고 우연 혹은 불운으로 인해 우리의 유년기와 청소년기에, 그리고 우리의 호적에 무겁게 자리잡았던 그 사람들 또한 얼마나 하찮아지는지. 그리하여 모든 것이 지나고 난 뒤 이제 남은 거라곤 진녹색 등산복 차림으로 봇짐 같은 가방을 메고 등산 스틱을 짚은 채 저기 서 있는, 등산가연하는 독일인 노파뿐이다. 보스망스는 웃음을 터뜨렸다. 그는 퐁 데 자르를 건너 루브르의 내정으로 들어갔다.

어렸을 적 긴 오후가 지나도록 놀던 곳이었다. 저기 드넓은 '쿠르 카레'* 오른쪽 구석에는 경찰서가 있었다. 그에게 그토록 겁을 주던 경찰서도, 국경 초소를 지키는 세관원들처럼 경찰서 입구를 지키던 경찰관들도 이젠 없었다. 그는 똑바로 앞을 향해 걸었다. 날이 어두워졌다. 그는 곧 좁다란 라지빌 가의 초입에 닿았다. 마르가레트 르 코즈가 리슐리외 대행사의 지사에서 일하던 무렵 그녀를 기다리던 곳이었다. 그녀는 지사의 사무실 몇 개를 혼자 쓰게 되면서, 메로베를 비롯한 남자들의 시선이 그녀의 표현에 따르면 '등에 꽂히는' 걸 더는 감당하지 않아도 된다

* 루브르 박물관 건물로 둘러싸인 내정의 이름.

는 사실에 대단히 안도했다. 그녀는 그 남자들을, 특히 메로베와 갈색 머리 불도그 상 소장을 경계했다. 보스망스가 어느 날 리숄리외 대행사가 정확히 뭐하는 곳이냐고 물었을 때, 그녀는 이렇게 대답했다.

"그게, 경찰청하고 연관이 있어요, 장."

그러곤 곧바로 말을 바로잡았다.

"아, 행정 일이에요. 하청 일이라고도 할 수 있고……"

그는 자신이 '하청'이라는 말의 의미를 모른다는 사실을 털어놓지 못했다. 그녀 또한 두루뭉수리로 말하길 원한다는 느낌이 들었다. 그래도 궁금해서 물어보았다.

"경찰청하고 어떻게요?"

"메로베랑 다른 사람들이 경찰청 일을 조금 봐주는 것 같아요…… 하지만 그게 나와 무슨 상관이에요, 나는 한 달에 육백 프랑씩 받으면서 그 사람들이 요구하는 대로 타자 치고 보고서 번역하고 그래요. 그 나머지야……"

보스망스에게는 그녀가 털어놓는 이 세세한 정보들이 자기 합리화처럼 느껴졌다. 그는 마지막 시도를 해보았다.

"대관절 정확하게 뭡니까, 그 리숄리외 대행사라는 것은요?"

그녀는 어깨를 으쓱했다.

"음…… 말하자면 법무사 사무소 같은 건데……"

그는 '하청'을 몰랐던 것처럼 '법무사'라는 말의 의미도 알지 못했다. 그리고 딱히 그녀에게 설명을 듣고 싶은 것도 아니었다. 그녀는 말했다. 아무튼 곧 새 일을 찾고 싶어요. 그러니까 메로베를 비롯한 남자들은 경찰청 일을 '조금' 봐주고 있다…… 그 말을 들으니 귀에는 착 감기면서도 어딘가 으스스한 단어 하나가 떠올랐다. 끄나풀. 마르가레트도 그 말을 알고 있었을까?

그는 언제나 같은 시간에 라지빌 가 초입에서 그녀를 기다렸다. 그 길은 아주 좁고 자동차라고는 도통 지나다니지 않아, 보스망스는 그 길이 혹 막다른 길은 아닐까 의문을 품기도 했다. 그 시간이면 날은 어두웠다. 두세 번쯤, 그는 바깥에서 기다리기에는 날이 너무 추워서 사무실까지 그녀를 직접 데리러 간 적이 있었다. 오른쪽으로 첫번째 건물. 들어가는 문은 높이가 아주 낮았다. 계단은 이중으로 나 있어서 올라가는 사람은 내려가는 사람과 절대로 마주치지 못하게 돼 있었다. 그리고 그 건물에는 발루아 가에 면한 다른 문이 하나 더 있었다. 그래서 보스망스는 마르가레트에게 농담처럼 그 부아야발이라는 작자에 대해서는 걱정할 필요가 전혀 없다는 말을 했었다. 만일 그치가 바깥에서 진을 치고 있으면 다른 문으로 달아나면 되니까. 그리고 혹여 이중 계단에서 보게 되더라도 서로 마주치는 일은 없으므로 도망갈 시간을 벌 수 있을 테니까. 그녀는 그의 말을 주의깊게 들었지만, 그녀에게 정말로 위안이 되는 것 같지는 않았다.

그녀를 데리러 올라갔을 때, 보스망스는 벽 쪽에 철제 캐비닛이 즐비하고 중앙에 서류며 파일이 잔뜩 쌓인 탁자가 놓인 넓은 방을 지났다. 전화가 울리는데 받는 사람이 없었다. 그녀가 일하는 공간은 그보다 작았고, 창문은 발루아 가를 향해 있었다. 벽난로와 그 위에 걸린 거울이 그 사무실이 한때는 사람 사는 방이었다는 사실을 말해주었다. 그곳에서 그녀를 만나 이중 계단을 내려와 발루아 가로 나가는 저녁이면 그는 그녀와 자신이 세상의 시간을 벗어나 있다는, 그리고 세상 모든 것으로부터 멀리 떨어져 있다는 확신이 들었다. 어쩌면 오퇴유에 있는 그녀 방에 있을 때보다 더.

정적, 너른 방에서 덧없이 울리던 전화, 마르가레트가 '보고서' 작성을 마저 끝내던 타자기, 그 모든 것이 보스망스에게는 각성된 꿈처럼 남았다.

두 사람은 팔레 루아얄의 텅 빈 아케이드를 지나 지하철역까지 갔다. 보스망스는 그때 역에 있던 상가를 떠올리다 그곳이 아직도 있는지 궁금해졌다. 그곳에는 갖가지 상점, 미용실, 꽃집, 양탄자 행상, 여러 개의 공중전화 부스, 다른 시공간에서 온 것 같은 거들들을 걸어둔 여자 속옷 가게가 있었고, 맨 끝에는 단이 설치돼 있어 남자들이 푹신한 가죽 의자에 앉아 그들 발치에 쪼

그리고 앉은 북아프리카 사람들에게 구두를 닦이고 있었다. 상가 초입에는 화살표와 함께 'W.-C. 구두닦이'라 쓰인 간판이 걸려 있었는데, 보스망스는 어린 시절부터 그걸 보고 호기심을 품었었다.

어느 날 그가 마르가레트와 함께 'W.-C. 구두닦이'가 있는 단 앞을 지나 지하철 플랫폼으로 이어지는 계단을 내려가는데 그녀가 그의 팔을 붙들었다. 그러곤 안락의자에 앉아 구두를 맡기고 있는 부아야발을 본 것 같다고 낮은 목소리로 말했다.

"잠깐만 기다려요." 보스망스가 말했다.

그는 계단 초입에 마르가레트를 남겨두고 'W.-C. 구두닦이'를 향해 단호한 발걸음으로 걸어갔다. 손님이라고는 베이지색 외투를 입고 안락의자 하나를 차지하고 앉은 한 사람이 다였다. 나이는 서른 남짓하고 갈색 머리에 얼굴은 갸름했는데 차림새가 부유해 보였다. 샹젤리제 쪽에서 자동차 정비소나 레스토랑을 운영한대도 어울릴 사람이었다. 그는 담배를 피우고 있었고, 머리 하얗게 센 작달막한 남자가 무릎을 꿇고 그의 구두를 닦고 있었다. 보스망스는 그것이 마음에 들지 않았다. 심지어 화가 났다. 평소에는 아주 온유하고 소심한 그이지만 이따금 급작스럽게 분노와 울분이 터져나올 때가 있었다. 그는 일순간 멈칫하다가 한 손을 남자의 어깨에 올리곤 힘껏 움켜쥐었다. 남자는 몹시 당황한 눈빛으로 그를 바라보았다.

"이거 봐요!"

그 목소리는 단호하고 위협적이었다. 보스망스는 그 남자가 부아야발이기를 간절히 바랐다. 그는 눈앞에서 위험을 마주하고 싶었다. 그는 손가락의 힘을 풀었다.

"당신이 부아야발이오?"

"아니오."

남자가 몸을 일으켜 방어적인 태도로 보스망스 앞에 마주섰다.

"정말이에요?" 보스망스가 차분한 목소리로 물었다. "당신은 부아야발이 아니에요?"

보스망스는 남자보다 키가 머리 하나만큼 더 컸고 덩치도 더 컸다. 남자도 그 사실을 의식하는 것 같았다. 그는 말이 없었다.

"그렇다면, 이거 유감입니다."

보스망스는 계단 초입에서 기다리고 있는 마르가레트에게 돌아갔다. 그녀는 새파랗게 질려 있었다.

"어떻게 됐어요?"

"그 남자가 아니에요."

두 사람은 같이 벤치에 앉아 지하철이 들어오기를 기다렸다. 보스망스는 마르가레트의 양손이 파르르 떨리는 걸 보았다.

"그런데 그 남자가 대체 왜 그렇게 무서운 거예요?"

그녀는 대답이 없었다. 보스망스는 그 남자가 부아야발이 아니었던 것이 안타까웠다. 이번에야말로 완전히 끝장을 보고 싶었다. 짙게 드리운 위협, 보이지 않으면서도 존재하며 그녀에게 겁을 주는 남자, 그런데 그녀에게 분명한 이유도 듣지 못하는 이 상황이 한심했다. 그는 아무것도 두렵지 않았다. 적어도 마르가레트에게는 계속 그렇게 말하면서 그녀를 달랬다. 어릴 적부터 붉은 머리 여자나 환속 신부와 엮이다보면 그 누구에게도 놀라지 않게 된다고 지하철역 벤치에서 마르가레트에게 거듭 말했다. 그는 그 남녀 이야기를 들려줌으로써 그녀의 기분을 풀어주고 싶었다. 그때까지도 길을 잘못 들면 이따금 마주치던, 머리를 바싹 깎았고 빰은 움푹 팼으며 취조하는 듯한 눈빛을 가진 남자와 하관은 처량하고 태도는 여전히 안하무인인 아프간 코트* 차림의 여자에 대한 이야기를…… 마르가레트는 그의 이야기를 듣다가 결국 웃었다. 그는 그녀에게 말했다. 그 모든 게 다 별것 아니라고. 영문도 모르게 적개심에 가득차 자신을 쫓아다니며 만날 때마다 돈을 요구하는 남녀도, 부아야발도 다 별것 아니라고. 조만간 그와 그녀는 새로운 지평을 찾아 파리를 떠날 수 있

* 아프가니스탄의 민속의상에서 착안한 모피 코트로, 1960년대에 유럽에 유입돼 히피문화와 결합하여 유행을 일으켰다.

을 거라고. 두 사람은 자유롭다고. 그녀는 그의 말에 설득된 듯 고개를 끄덕였다. 두 사람은 벤치에 눌러앉은 채 열차들을 그냥 떠나보냈다.

잠결에 누군가 그에게 속삭였다. 머나먼 오퇴유, 내 깊은 슬픔이 있어 이끌리는 동네. 그는 그 말을 수첩에 옮겨 적었다. 물론 꿈결에 들려와 우리를 뒤흔들고 우리가 꼭 기억하리라 다짐한 어떤 말들이 잠을 깨고 나면 그냥 사라져버리거나 아무런 의미도 갖지 못한다는 것을 잘 알면서도.

그날 밤 그는 마르가레트 르 코즈의 꿈을 꾸었다. 여간해서는 없는 일이었다. 두 사람은 알제리인 자크의 술집에 함께 앉아 있었다. 그들이 자리잡은 테이블은 출입문에서 가장 가까운 곳에 있었고 문은 길을 향해 활짝 열려 있었다. 여름날 오후가 저무는 시간이었고 보스망스의 두 눈은 태양빛을 머금고 있었다. 보스망스는 자신의 얼굴이 지금의 얼굴인지, 아니면 스물한 살 적의 얼굴인지 알 수 없었다. 아마도 스물한 살 적의 얼굴이었을 것이다. 그러지 않았다면 그녀가 이상하다는 듯 그를 쳐다볼 뿐 알아보지 못했을 테니까. 출입문이 길 쪽으로 열린 터라 모든 것이 투명한 빛 속에 잠겨 있었다. 여름을 향한 문. 이 말이 뇌리에 떠올랐다. 아마도 무슨 책의 제목이었으리라. 하지만 그가 마르가레트 르 코즈를 알고 지낸 건 겨울철이었다. 그에겐 끝나지 않을 것 같던 아주 추운 겨울. 알제리인 자크의 술집은 눈보라를 피해 들어가는 피난처였고, 그곳에서 여름철에 마르가레트를 다시 만난 기억은 없었다.

그는 이상한 점을 하나 발견했다. 꿈에서는 실재했던 모든 것이, 거리들이, 마르가레트와 그의 곁에 이웃했던 사람들이 빛으로 밝게 빛나고 있었다. 그런데 그 빛이 진짜였다면? 그래서 그 시절 그 빛 속에 두 사람이 함께 몸을 담그고 있었던 거라면? 그렇다면 그 당시 그는 왜 불안감과 갑갑함이 읽히는 빽빽한 글들로 공책 두 권을 가득 채웠던 것일까?

그는 대답을 알 것 같았다. 우리가 그날그날 겪는 모든 일에는 현재의 불확실성이 그 흔적을 남긴다. 그 시절 마르가레트는 길모퉁이 하나를 돌 때마다 혹여나 부아야발과 마주치는 건 아닐까 걱정했다. 보스망스는 정작 자신은 이유를 알 수 없는 적의와 경멸에 가득차 그를 쫓아다니며 그가 혹 거리에서 가슴에 총탄을 맞고 죽는대도 서슴없이 그의 주머니를 뒤질 그 심란한 커플을 만나게 될까봐 걱정했다. 하지만 멀찍이 떨어져 세월이라는 거리를 두고 보면 우리가 현재 느끼는 불확실과 근심은 사라진다. 마치 라디오에서 나오는 깨끗한 음악을 못 듣게 방해하던 전파 잡음이 사라지듯. 그렇다, 지금에 와서 그때를 생각하면 꿈속과 꼭 같았다. 투명하고 가없는 빛 속에 서로를 마주하고 앉아 있던 마르가레트와 나. 어느 날 저녁 당페르로슈로에서 만난 철학자가 우리에게 한 이야기도 같은 이야기였다. 그는 이렇게 말했다.

"현재라는 건 언제나 불확실로 가득찬 겁니다, 예? 여러분은 불안해서 미래가 어떻게 될까 궁금해하죠, 예? 그래도 시간은 흘러서 그 미래도 과거가 되고요, 예?"

철학자는 말을 하면서 문장 사이사이에 구두점을 찍듯 새된 외마디소리를 끼워넣었는데, 그걸 듣는 게 갈수록 고역이었다.

보스망스가 왜 그 먼 오퇴유에 집을 구했느냐고 물었을 때 마르가레트는 이렇게 대답했었다.

"더 안전하니까요."

보스망스도 자신을 쫓는 사나운 커플을 피해 시 외곽에 가까운 통브 이수아르 가 끄트머리로 피신했었다. 하지만 그들은 그의 집을 찾아냈고, 어느 날 저녁 그의 어머니가 그의 방문을 주먹으로 두드렸다. 그동안 남자는 길에서 기다렸다. 이튿날이 되자 통브 이수아르 가와 몽수리 공원이 있는 그 동네는 그가 생각했던 것보다 훨씬 불안전하게 보였다. 그는 집으로 들어가기 전에 뒤를 살폈고, 계단을 올라가면서 두 남녀가 복도 저 깊숙이 방문 앞에서 기다리고 있는 건 아닐까 두려웠다. 그렇지만 며칠이 지난 뒤 그는 걱정에서 벗어났다. 같은 구역 오드 가에 다른 집을 구했던 것이다. 그 철학자도 말했지 않은가. "다행히 청춘에게는 될 대로 되라는 태평함이라는 것도 있지 않습니까, 예?" 마르가레트가 근심스러운 눈으로 그를 바라보지 않은 화창한 날들도 더러는 있었다.

머나먼 오퇴유…… 그는 몰스킨 수첩 맨 뒤에 두 쪽에 걸쳐 실린 작은 파리 지도를 들여다보았다. 그는 어떤 구역 깊숙한 구석으로 들어가면 그가 젊었을 적 만난 사람들을 과거의 나이와 모습 그대로 다시 만날 수 있을지도 모른다고 늘 상상했었다. 그들이 그곳에서 시간의 테두리를 벗어나 평행한 삶을 영위하고 있을 거라고. 그 거리들의 비밀한 굴곡 속에서 마르가레트를 비롯한 사람들이 지금도 예전 모습 그대로 살고 있을 거라고. 그들을 만나려면 건물 사이사이에 숨겨진 통로들을, 얼핏 보면 막다른 길 같아 지도에도 표시되지 않는 길들을 찾아야 한다고. 꿈속에서 그는 특정 지하철역에서 출발해 그곳에 닿는 법을 알았다. 하지만 잠에서 깨면 실제 파리의 길에서 그걸 확인할 필요성을 느끼지 못했다. 아니, 그보다 그럴 엄두가 나지 않았다.

어느 날 저녁, 그는 옵세르바투아르 대로의 인도에서 공원 철책에 몸을 기대고 마르가레트를 기다렸다. 그리고 그 순간은 다른 순간들에서 홀로 동떨어져 영원 속에 고착돼 있었다. 왜 그날 저녁 옵세르바투아르 대로에 있었던 걸까? 하지만 이내 영상이 다시 움직이고 영화가 제 흐름대로 이어지면서 모든 것이 논리정연해졌다. 그날은 그녀가 페른 교수의 집을 처음 방문한 날이었다. 두 사람은 오퇴유에서 지하철을 타고 몽파르나스 비앵브뉘 역까지 갔다. 그날도 차가 밀렸다. 그래서 두 사람은 남은 길은 걸어서 가는 편을 택했다. 그녀가 한 약속 시간까지는 한참 여유가 있었다. 계절은 헛갈렸다. 그때도 마르가레트가 라지빌가 사무소로 잠깐 출근하던 때로부터 얼마 지나지 않은 겨울이었을 것이다. 그런데 보스망스가 사십 년의 거리를 두고 헤아려보니 두 사람이 천문대 공원 입구에 도착한 것은 봄날이나 여름날의 저녁이었던 듯도 했다. 마르가레트와 함께 걷는 인도 위로 나뭇잎이 우거져 궁륭을 만들고 있었다. 그녀가 말했다.

"나랑 같이 들어가도 돼요."

하지만 그는 그러는 게 모양새가 별로 좋지 않을 거라 판단했다. 그래서 그는 페른 교수라는 사람이 사는 건물 맞은편에서 그녀를 기다리기로 했다. 그는 건물 정면을 바라보았다. 페른 교수의 집은 몇 층일까? 아마도 일렬로 줄지은 발코니 창에 불이 들어온 저 집일 것이다. 공원 철책에 등을 기댄 채, 그는 아마 그날 저녁부터 마르가레트와 자신의 삶이 새로운 흐름을 탈지도 모른다는 생각을 했다. 그곳에서는 모든 게 차분하고 평화로웠다. 나뭇가지와 이파리들, 건물 정면 출입구 위에 조각된 사자의 두상들. 그 사자들은 보초를 서면서 무언가 생각에 잠긴 표정으로 보스망스를 바라보는 것 같았다. 발코니 창 하나가 열리더니 누군가 피아노를 연주하는 소리가 들렸다.

마르가레트가 바깥으로 나와 모든 게 잘됐다고 말했다. 교수의 아내를 만났는데, 풀타임으로가 아니라 일주일에 삼 일만 아이들을 봐주기로 했다는 것이었다. 교수의 아내가 온전한 의미의 보모를 고용하려는 건 아니었기 때문에, 아이들을 돌보는 일은 하되 그 집에서 꼭 잠을 자야 하는 건 아니라고 했다.

그날 밤 보스망스는 그녀에게 14구 구석 오드 가에 있는 자신의 방을 보여주겠노라고 했다. 두 사람은 지하철을 타지 않고 구호소와 수도원이 늘어선 대로를 따라 걸었다. 보스망스는 바로 옆의 파리 천문대를 바라보며 조용하고 어둑한 천문대 안에서 망원경으로 별을 관찰하는 학자들을 상상했다. 페른 교수라는 사람도 그중 하나일지 모른다. 그는 무엇을 가르치는 교수일까? 마르가레트는 알지 못했다. 그녀는 아파트에 커다란 서가가 있고, 거기에 꼭대기까지 올라갈 수 있도록 밝은색 나무 사다리가 딸려 있는 것을 보았다고 했다. 꽂혀 있는 책들은 모두 장정이 잘돼 있었는데 아주 오래된 고서 같았다고 했다.

마르가레트가 페른 교수 집으로 면접을 보러 가야 한다는 연락을 받은 날, 보스망스는 여느 때보다 이르게 회사 앞으로 그녀를 데리러 갔다. 그녀는 포부르 생토노레에 있는 스튜어트 직업소개소에 들러 페른 교수의 집주소를 받고, 방문 날짜와 시간을 확실하게 정해야 했다.

두 사람을 맞이한 건 눈이 작고 파란 금발의 남자였다. 보스망스는 그 사람이 바로 스튜어트인가 하고 생각했다. 남자는 보스망스가 함께 온 걸 보고도 놀라는 것 같지 않았다. 그는 두 사람에게 자기 책상 앞에 있는 가죽 소파를 권했다.

"이제야 맞는 일자리를 찾았습니다." 남자가 마르가레트에게 말했다. "시간이 꽤 걸렸어요."

그래서 보스망스는 마르가레트가 리슐리외 대행사에서 일하기 전에 이미 스튜어트 직업소개소에 구직 등록을 해놓았다는 걸 알게 되었다. 금발의 남자는 이어서 말했다.

“스위스에 계실 때 입주해 일하셨던 바게리안 씨 댁에서 신원 보증서를 받지 못하셨다니, 그 점은 아쉽습니다.”

“이제는 그 댁 주소를 몰라서요.” 마르가레트가 대답했다.

남자가 파일에서 등록카드를 꺼내 앞에 내려놓았다. 보스망스의 눈에 카드 위쪽에 붙은 증명사진이 들어왔다. 남자는 상단에 스튜어트 직업소개소의 회사 정보가 인쇄된 편지지 한 장을 책상에서 집었다. 그리고 카드에 적힌 인적사항을 그리로 옮겨 적었다. 그러다가 미간을 찌푸리고는 고개를 들며 물었다.

“태어나신 곳이 베를린의 라이니켄도르프 맞습니까?”

남자는 두번째 지명의 자모를 긴가민가하며 발음했다. 마르가레트의 얼굴이 조금 붉어졌다.

“네.”

“그러면 독일인이세요?”

언제나 같은 질문. 그녀는 잠자코 있었다. 그러더니 이내 분명한 목소리로 대답했다.

“그건 아니에요.”

남자는 계속 열심히 카드를 옮겨 적었다. 누가 봤으면 학교 숙제라도 하는 줄 알았을 것이다. 보스망스와 마르가레트의 눈길이 마주쳤다. 금발 남자는 종이를 접어 역시 스튜어트 직업소개소의 정보가 인쇄된 봉투 속에 밀어넣었다.

"이걸 페른 교수에게 전하세요."

그는 이렇게 말하며 마르가레트에게 봉투를 내밀었다.

"많이 어려운 일은 아닐 겁니다. 열두 살 전후 아이들 두 명이에요."

그의 작고 푸른 두 눈이 보스망스에게 가서 멎었다.

"이쪽 분은요? 일거리를 찾고 계십니까?"

네. 보스망스는 그렇게 대답을 해놓고도 왜 그랬는지 알 수가 없었다. 때로 꽤 과격한 모습을 보이기도 했지만, 많은 경우 그는 대화 상대가 하는 말을 거스르지 못하고 전혀 예상치 못했던 제안도 거부할 엄두를 못 내곤 했다.

"일자리를 찾으신다면, 저희 스튜어트 소개소에 등록해드릴 수 있습니다."

그런 순간이면 그는 미소로 당혹감을 덮곤 했다. 금발의 남자는 그 미소가 동의의 표시라고 생각한 모양이었다. 남자는 책상에 놓여 있던 카드 한 장을 집어들었다.

"성함이?"

"장 보스망스입니다."

"대학 공부는 하셨습니까?"

바칼로레아는 합격했지만 다른 학위는 없다고 남자에게 대답하려는 순간, 보스망스는 갑자기 귀찮은 생각이 들어 면접을 그

만두고 싶어졌다. 하지만 마르가레트의 앞날에 누가 되지 않을까 저어됐고 금발 남자의 마음을 상하게 하기도 싫었다.

남자는 그에게 생일과 출생지와 주소를 물었다. 불시의 습격에 보스망스는 남자에게 진짜 생일과 주소, 오드 가 28번지를 알려주었다.

"여기다 서명해주시겠어요?"

남자가 그에게 카드 아래쪽을 가리키며 펜을 건넸다. 보스망스는 서명을 했다.

"증명사진도 한 장 필요합니다. 우편으로 보내주시지요."

마르가레트는 그토록 고분고분한 그의 모습에 놀란 것 같았다. 보스망스는 서명을 한 뒤 금발 남자에게 말했다.

"저기, 일자리를 금방 구할 필요는 없을 것 같습니다."

"기회는 무궁무진합니다." 금발 남자는 그의 말을 듣지 못한 양 대답했다. "고정직을 기다리는 동안 한시직을 몇 번 찾아드릴 수도 있고요."

침묵이 흘렀다. 금발 남자가 자리에서 일어서더니 마르가레트에게 말했다.

"잘 풀리시길 바랍니다."

그는 사무실 문 앞까지 두 사람을 배웅했다. 그리고 보스망스와 악수를 나누었다.

"연락드리지요."

바깥으로 나왔을 때, 마르가레트는 왜 남자가 카드를 작성하도록 내버려두었느냐고 보스망스에게 물었다. 보스망스는 어깨만 으쓱하고 말았다.

얼마나 많은 카드를, 질문지를, 그리고 등록증을 누군가를 기쁘게 하기 위해, 누군가에게서 벗어나기 위해, 심지어 무관심에서, 혹은 이유 없이 그의 빽빽한 글씨로 채웠던가…… 그에게 의미 깊었던 단 한 번의 서명은 열여덟 되던 해던가 의과대학 등록을 위해 남겼던 것이었지만, 그는 과학계열 바칼로레아를 취득하지 못한 터였으므로 자격 미달이었다.

그는 스튜어트 직업소개소를 방문한 다음날 증명사진을 그곳으로 보냈다. 그리고 마르가레트에게는 그러는 편이 더 신중한 처사라고, 괜한 이야깃거리는 만들 필요 없다고 말했다.

스튜어트 소개소가 아직 그대로 있을까? 그는 가서 확인해봐야겠다고 생각했다. 만일 그곳에 그대로 남아 있다면, 그는 오래된 자료들 속에서 그 당시 사진이 담긴 마르가레트와 자신의 카드를 찾아볼 수 있을 것이다. 어쩌면 그 작고 푸른 눈의 금발 남자가 그를 맞이할지도 모르는 일이다. 그러면 모든 것이 다시 전처럼 시작될지도 모른다.

그 시절, 서점을 찾는 사람은 많지 않았다. 보스망스는 서점의 이모저모를 떠올려보았다. 짙은 색 나무 탁자가 놓인, 말 그대로 서점이었다. 안쪽 문을 열면 천장에 창이 뚫린 일종의 창고가 나왔는데 그곳에는 책이 가득차 있었다. 한쪽 벽면에 붙은 낡은 표시판에는 '캐스트롤'이라고 쓰여 있었다. 맨 구석에 달린 철제 미닫이문은 또다른 길로 통했다. 보스망스는 그곳이 예전에 자동차 정비소로 쓰였던 모양이라고 짐작했다. 아닌 게 아니라 그는 어느 날 오후 오래된 자료들을 뒤지다가 본래의 임대 계약서를 발견했다. 그의 생각대로였다. 앙글 자동차 정비소가 나가고 사블리에 서점 및 출판사가 들어온다고 기재돼 있었다.

일층 서점에서 철제 난간이 붙은 너른 계단을 올라가면 전에는 출판사 사무실이 있었던 중이층이 나왔다. 오른쪽으로 난 문에 붙은 동판에는 출판사 대표의 이름이 새겨져 있었다. 뤼시앵 호른바허. 문을 열면 복도가 나오고, 이어 보스망스가 흡연실이라 이름 붙인 꽤 어둑한 방이 나왔다. 짙은 색 가죽 소파 하나와 안락의자 몇 개, 삼발이 받침대 위에 놓인 재떨이들, 바닥에 깔린 페르시아 문양 양탄자, 그리고 온 방을 둘러싼 유리문 달린 서가. 거기에는 사블리에 출판사가 이십 년 동안 세상에 존재하며 출간한 모든 책이 꽂혀 있었다.

그는 이른 오후를 곧잘 뤼시앵 호른바허의 옛 사무실에서 보냈다. 창밖으로 레유 대로 저 너머 몽수리 공원 초입의 나무들이 보였다. 그는 일층에 손님이 들어왔다는 걸 알려주는 가냘픈 벨소리가 들리도록 사무실 문을 열어두었다. 책상은 크기는 작아도 묵직했고 양 끝에 서랍이 여럿 달려 있었다. 회전의자는 뤼시앵 호른바허가 쓰던 것이었다. 창문 맞은편에는 짙푸른 벨벳 소재의 긴 의자가 벽을 맞대고 놓여 있었다. 책상 한가운데에는 출판사의 상징이었던 모래시계*가 놓여 있었는데, 보스망스는 시계에 유명한 보석상 상표가 붙어 있는 것을 보고는 그 긴 시간 동안 아무도 그것을 훔쳐가지 않았다는 사실이 놀라웠다. 그는 폐쇄된 장소를 지키는 수위가 된 듯한 기분이었다. 뤼시앵 호른바허는 전쟁통에 실종되었는데, 정기적으로 서점에 들르는 회계 관리인 부를라고프는 그로부터 이십 년이 지났는데도 노상 그의 실종에 대한 말을 흘리곤 했다. 부를라고프는 오십대의 남자로,

* 사블리에sablier는 '모래시계'라는 뜻이다.

바싹 자른 머리는 희끗희끗했고 피부는 그을린 구릿빛이었다. 그는 젊었을 적 호른바허 밑에서 일했다. 언제까지 서점 문을 열 수 있을까요? 보스망스가 구舊 사블리에 출판사의 불분명한 미래에 관해 부를라고프에게 아무리 질문을 던져봐야 명쾌한 대답은 단 한 번도 얻을 수 없었다.

과거 뤼시앵 호른바허가 출간한 책들이 일층 서점의 진열대를 메웠다. 책들 중 상당수가 신비주의, 동양 종교, 천문학을 다룬 것이었다. 일람표를 보면 다양한 주제를 망라하는 높은 식견의 책들도 포함되어 있었다. 호른바허가 일을 처음 시작할 무렵에는 시인들과 몇몇 외국 작가의 책들을 펴낸 적도 있었다. 하지만 그때까지 굳이 그 서점을 찾는 손님들은 대개 신비주의에 관심이 있었고, 그들이 다른 곳에는 없는 책을 구하러 올 때면 보스망스는 창고로 들어가 찾곤 했다.

그는 이 직장을 어떻게 찾았던가? 14구의 집 부근을 걸어가던 어느 날 오후, 절반쯤 글씨가 지워진 채 진열창 위쪽에 걸린 '사블리에 출판'이라는 간판이 그의 시선을 끌었다. 그는 안으로 들어갔다. 부를라고프가 탁자를 앞에 두고 앉아 있었다. 대화가 시작됐다. 부를라고프는 일주일에 나흘 동안 서점을 볼 사람을 찾는다면서 대학생을 원한다고 했다. 보스망스는 일은 괜찮을 것 같지만 자신은 '대학생'이 아니라고 말했다. 상대는 전혀 문제될 것이 없다면서, 일을 하게 되면 주급으로 이백 프랑을 지급하겠다고 했다.

마르가레트가 그의 일터를 처음 찾아온 날은 볕이 좋은 어느 겨울의 토요일이었다. 그는 호른바허의 사무실 창문으로 저멀리 레유 대로의 모퉁이를 돌아오는 그녀를 보고 있었다. 그녀가 걸어오다가 잠시 망설이던 것이 생각난다. 그녀는 서점의 번지수를 잊었는지 인도에 멈춰 서서 대로 양편으로 좌우를 두리번거렸다. 그러더니 다시 걸음을 옮겼다. 멀리서 서점의 진열창을 발견했으리라. 그날부터 서점에서 만나기로 약속한 날이면 그는 창문으로 그녀를 지켜보았다. 그녀는 그를 만나기 위해 비탈진 레유 대로를 따라 하늘 맑은 겨울날의 투명한 빛 속을 쉬지도 않고 걸어온다. 아니, 길 저 끝에 공원 나무의 이파리들이 보이는 걸 보니 어쩌면 여름날인지도 모르겠다. 어떤 날은 비가 내리지만 그녀는 비도 아랑곳하지 않는 것 같다. 그녀는 평소와 다름없는 차분한 발걸음으로 빗속을 걷는다. 고작해야 오른손으로 붉은 외투 깃을 바투 여밀 뿐이다.

그는 금요일 저녁에 몇 번 페른 교수의 아파트에 들어간 적이 있다. 금요일은 교수 부부가 외출을 해 밤늦게 돌아오기 때문에 마르가레트가 아이들을 돌보는 날이었다. 그녀는 이른 오후에 그 집 딸을 세비녜 중학교에서, 아들을 몽테뉴 고등학교에서 데리고 왔다. 그러고 아이들과 저녁을 먹었다. 식사를 마치면 그녀는 자유였고, 보스망스는 옵세르바투아르 대로에서 그녀를 기다렸다.

어느 날, 마르가레트가 공원 철책 앞에 있던 그에게 내려와서 페른 부부가 동료의 집에 발이 묶여 저녁식사 후 바로 돌아오지 못하기 때문에 아이들을 더 봐줘야 한다고 말했다. 그녀는 그에게 함께 아파트로 들어가자고 제안했지만 그는 망설였다. 그녀는 그가 들어가면 교수 부부가 와서 보고 놀랄 수도 있다는 걸, 그리고 아이들이 불안해할 수도 있다는 걸 생각하지 못하는 걸까? 그는 그 집 부부 같은 부류의 사람들과 전혀 친숙하지 않았고 그들의 직업에 주눅들어 있었다. 마르가레트가 보여준 부부가 쓰는 편지지에 따르면 남편 조르주 페른은 꽤 명망 높은 대학의 헌법학 교수였고 아내 쉬잔 페른은 파리 법원의 법정변호사였다.

그는 그녀를 따라 아파트 안으로 들어가면서 엄연한 두려움을 느꼈다. 그는 왜 그 집으로 들어가면서 도둑이 된 기분이 들었을까? 현관에서부터 그가 느낀 건 일종의 위엄이었다. 벽은 짙은 색 목재였다. 거실에는 가구가 거의 없었고 창밖으로는 천문대 공원이 내다보였다. 그런데 그 방이 정말 거실이기는 했을까? 창문 앞에는 작은 책상 두 개가 놓여 있었는데, 페른 부부가 곧잘 책상을 하나씩 점하고 나란히 앉아 공부한다고 마르가레트가 일러주었다.

두 아이는 타탄체크 무늬의 실내 가운을 입고 거실에 있는 짙은 색 가죽 소파에 앉아 있었다. 마르가레트와 보스망스가 들어갔을 때는 책을 읽고 있었는데, 둘 다 골똘히 생각에 잠긴 학구적인 얼굴이었다. 아이들은 일어나 보스망스에게 다가와 격식을 갖춘 악수를 나누었다. 그가 온 걸 보고도 전혀 놀라는 것 같지 않았다.

남자아이는 수학 교과서를 들여다보고 있었다. 보스망스는 아이가 책 여백에 주를 다는 것을 보고 적잖이 놀랐다. 여자아이는 노란색 표지가 두드러지는 '가르니에 고전 총서' 한 권에 몰두하고 있었다. 파스칼의 『팡세』였다. 보스망스는 아이들에게 나이를 물었다. 열하나, 열둘이었다. 그는 나이에 비해 의젓하고 진중하다며 아이들을 칭찬했다. 하지만 아이들은 으레 그런 것 아니냐는 듯 그의 칭찬에 무감한 것 같았다. 남자아이는 어깨를 으쓱하곤 다시 교과서로 빠져들었고, 여자아이는 보스망스에게 수줍은 미소를 지어 보였다.

거실의 두 창문 사이에 액자에 끼운 사진 하나가 걸려 있었다. 아주 젊었을 적의 페른 부부였는데, 미소를 짓고 있어도 눈빛에서는 분명한 위엄이 엿보였고 옷도 법복 차림이었다. 보스망스가 마르가레트와 함께 아파트로 들어갔던 몇 번의 저녁에 두 사람은 가죽 소파에 앉아 교수 부부가 돌아오기를 기다렸다. 마르가레트는 아이들을 재우러 들어간 뒤에도 아이들에게 침대에서 책을 읽을 수 있는 시간을 한 시간 더 주었다. 자그마한 원탁에 놓인 붉은 갓 전등이 따사롭고 온화한 빛을 발하며 어슴푸레한 공간을 형성했다. 보스망스는 창문가를 바라보며 페른 부부가 각자 책상에 앉아 글을 읽는 모습을 상상했다. 쉬는 날이면 아마 아이들도 부모 곁의 소파에 자리를 잡고 책에 열중할 것이며, 토요일 오후가 그렇게 흐르는 동안 그 무엇도 이 학구적 가족이 견지하는 침묵을 훼방하지 못할 것이었다.

보스망스는 그 침묵과 평온을 자신과 마르가레트가 부당하게 이용하는 느낌이 들었다. 그는 일어서서 창밖을 내다보았다. 그리고 저 아래 보이는 천문대 공원이 그가 마르가레트와 함께 이제 막 안착한 낯선 도시에 존재하는 건 아닐까 하는 생각을 했다.

처음 그 집에 간 날, 자정 무렵에 아파트 문이 열렸다 닫히는 소리가 들리고 현관에서 페른 부부의 목소리가 들려왔을 때 그는 대단히 불안했다. 그래서 마르가레트를 뚫어지게 바라보다가, 마음을 다잡지 않으면 자신의 두려움이 그녀에게 전해질 거라는 데 생각이 미쳤다. 페른 부부가 집안으로 들어온 순간에 맞춰 그는 자리에서 일어나 거실 문께로 갔다. 그는 어떻게든 되겠지 하는 심정으로 손을 내밀었고 부부가 차례로 그 손을 잡아주었을 때 크게 안도했다.

그는 우물우물하며 자기소개를 했다.

"장 보스망스라고 합니다."

부부도 아이들처럼 진중했다. 그리고 역시 아이들처럼 여간해선 놀라지 않는 사람들 같았다. 보스망스가 와 있는 걸 보고도 그랬다. 부부가 그의 이름을 듣기는 한 걸까? 페른 교수는 자질

구레한 일상사라고는 모르는 고급한 관념의 차원에 있는 사람이었다. 그의 아내 역시 냉정한 눈빛, 짧은 머리 모양, 거칠 것 없는 말씨와 몸가짐이 그와 비슷했다. 하지만 첫 만남에서 보스망스를 당황케 했던 부부의 면모가 나중에는 그에게 든든하게 여겨졌고, 두 사람과 연을 맺는 것이 그에게 도움이 될 수 있겠다는 생각까지 들게 했다.

"앙드레가 수학 공부는 열심히 했나요?" 교수는 보스망스가 놀랄 만큼 다정다감한 목소리로 마르가레트에게 물었다.

"네, 선생님."

"책 여백에 주를 다는 걸 봤습니다." 보스망스가 우물쭈물 거들었다. "그 나이에 참 대견합니다."

교수 부부가 그를 빤히 쳐다보았다. 그들은 혹 '대견하다'는 말에 놀란 것일까?

"앙드레가 예전부터 수학을 좋아했지요." 교수가 여전히 다감한 목소리로 말했다. 그것에 특별하거나 '대견할' 것은 하나도 없다는 투였다.

페른 부인이 보스망스와 마르가레트에게 다가왔다.

"그럼 저는 이만." 그녀가 의례적인 미소와 가벼운 목례로 두 사람에게 인사를 했다.

그러고 거실에서 나갔다. 이어서 교수가 그의 아내와 똑같이 의례적인 말투로 인사를 했다. 그래도 그는 두 사람과 차례로 악수까지 한 뒤에 부인이 들어간 거실 안쪽 문으로 사라졌다.

"이상해요." 두 사람만 남았을 때 마르가레트가 말했다. "이 방에 밤새 있어도 될 것 같아요. 그렇게 해도 저 부부한테는 아무 상관 없을 것 같아요. 뭔가 딴 세상 사람들 같아……"

그렇다기보다 그 부부는 하잘것없는 소소한 일 때문에 시간 낭비하기 싫은 것 같았다. 특히 괜히 쓸데없는 말을 하기를 꺼리는 것 같았다. 보스망스는 식당으로 쓰이는 저 안쪽 방에서의 식사 시간 또한 학구적인 분위기일 거라고 상상했다. 아이들에게 수학이나 철학에 관한 질문을 하면, 아이들은 음악 신동들한테서나 보일 법한 어른스러운 태도로 똑 부러지는 대답을 할 거라고. 또한 보스망스는 페른 부부가 대학 벤치에서 처음 서로 만났을 거라고 상상했다. 그들의 관계가 어딘가 조금 데면데면해 보이는 것도 그 때문일 거라고. 그들을 이어주는 끈은 아마도 거대한 지적 연대, 옛 동창들의 동지애일 것이고, 그러다보니 생뚱하게 서로 높임말을 쓰고 있는 거라고.

어느 날 밤, 그 집을 나와 천문대 공원의 고요 속으로 들어서면서 보스망스가 심각한 어조로 던진 말에 마르가레트는 킥킥거리며 웃었다.

"저 사람들은 모자란 짓과는 인연이 없겠어요."

그는 그들 두 사람 관계를 남매간이라고 말하는 게 어떻겠느냐고 마르가레트에게 제안했었다. 그가 생각하기에 페른 부부는 지속적 사상의 교류로 이어지지 않는 이성 간 감정적 차원의 관계는 얕잡아볼 것 같았다. 그는 그 부부에 대해 크나큰 존경을 느꼈고 그들을 생각할 때면 정의, 법, 올바름 같은 낱말들을 떠올렸다. 마르가레트가 아이들을 재우러 들어갔다가 보스망스의 의견에 따라 아이들에게 예외적으로 두 시간의 독서 시간을 허락했던 어느 날 밤, 두 사람은 여느 때와 마찬가지로 거실에 함께 있었다.

"그 사람들한테 우리를 좀 도와달라고 부탁할까봐요" 하고 보스망스가 말했다.

마르가레트는 생각에 잠겼다. 그러다 고개를 끄덕였다.

"네…… 그래도 괜찮겠죠……"

"정확하게 말하면 도와주는 게 아니고 우리를 보호해주는 거죠." 보스망스가 말했다. "그 사람들은 변호사니까……"

그는 하루는 마르가레트를 따라 아이들 방까지 들어가, 아이들이 제각기 공부할 책을 들고 나란히 놓인 싱글 침대로 드는 모습을 지켜보았다. 그러고 나서 두 사람은 아파트 안을 둘러보았다. 서재로 쓰이는 작은 방이 있었는데, 법률과 인문과학 서적들이 주를 이뤘다. 서가에는 클래식 음반들도 꽂혀 있었다. 방 왼쪽 구석에는 긴 소파 하나와 전축이 놓여 있었다. 페르 부부는 쉴 때 그 소파에 나란히 앉아 음악을 들을 터였다. 부부의 침실이 서재와 바로 이웃하고 있었지만 두 사람은 거기까지 들어가볼 엄두는 내지 못했다. 빠끔 열린 문틈으로 아이들 방에 놓인 것과 같은 싱글 침대 두 개만 보였다. 두 사람은 다시 거실로 나갔다. 보스망스가 자신과 마르가레트가 얼마나 외톨이인지 절감한 것이 그날 밤이었다. 페르 교수와 그의 아내, 아이들, 이 평온한 아파트는 바깥세상에서 그와 마르가레트를 기다리고 있는 것들, 그들이 두려워하는 만남들과 얼마나 딴판인가…… 그는 낮에 뤼시앵 호른바허의 옛 사무실에 있는 짙푸른 벨벳 소파에 누워 사블리에 출판사의 출간서 목록을 뒤적이거나 공책에 무언가 끼적이던 때와 거의 흡사한 안도감과 편안함을 느꼈다. 마음을 다잡고 교수와 부인에게 이야기를 해서 조언이나 심정적 지지를 얻어야 한다. 그런데 대체 어떻게 그들에게 붉은 머리 여자와 환속 신부를 설명할 수 있을까? 설명할 말을 찾는다 한들, 페르 부부는 그런 사람들이 세상에 존재할 수 있다는 사실도 이해하지 못한 채 불편한 기색으로 그를 쳐다보기만 할 것이다. 게다가 마르가레트가 그에게조차 구체적인 설명을 피한 부아야발이라는 작자에 대해서는 아는 것이 하나도 없다…… 두 사람 중 누구도 이 세상에 기댈 곳이라고는 하나도 없었다. 가족도 없었다. 도움을 청할 곳도 없었다. 사고무친한 존재들. 그 생각을 할 때면 이따금 가벼운 현기증이 일었다.

어느 날 밤, 보스망스는 집으로 돌아온 교수 부부가 왠지 다른 날보다 편하게 여겨졌다. 부부는 거실로 들어서며 그와 마르가레트에게 다정하게 몇 마디를 건넸다.

"많이 피곤하지 않아요?" 페른 교수가 예의 그 다감한 목소리로 두 사람에게 물었다.

보스망스는 교수 부인이 두 사람을 바라보는 눈빛에서 호의를 엿본 것 같다고 생각했다.

"아니에요, 괜찮습니다." 마르가레트가 환하게 미소를 지으며 대답했다.

교수가 이번에는 보스망스를 향해 물었다. "지금 학생인가요?"

보스망스는 소심함에 몸이 굳어 얼른 대답을 하지 못했다. 입

밖으로 내뱉자마자 부끄러움을 느낄 말로 대답할까봐 겁이 났다.

"출판사에서 일하고 있습니다."

"아, 그래요? 어느 출판사인가요?"

보스망스가 보아하니 교수 부부는 두 사람에게 예의상 관심을 표하고 있었다. 부부는 얼른 거실을 뜨고 싶은 사람들처럼 마르가레트와 그의 앞에 서 있었다.

"사블리에 출판입니다."

"나는 모르는 출판사로군요."

페른 부인의 말투는 보스망스가 이미 그녀에게서 느꼈던 거침없는 말투였다.

"실은 저는 서점 일을 보고 있습니다만……"

하지만 그는 곧바로 이 부연이 불필요했음을 느꼈다. 페른 교수와 부인의 주의는 벌써 흐트러졌다. 그 모든 게 아마 그들에게는 들으나 마나 한 사소한 문제였으리라. 어쩌면 그들에게는 더 직접적으로 말해야 했는지도 모른다. 마르가레트도 그와 다를 바 없었다. 그녀 또한 부부와 실재적인 관계를 구축할 만한 말은 하나도 꺼내지 못한 채, 그들에게 미소를 짓거나 아이들에 관한 그들의 드문 질문에 대답을 할 뿐이었다.

"그러면 그 서점에서는 어떤 장르의 책을 취급하나요?" 순전히 예의를 차리는 목소리로 교수 부인이 물었다.

"그게…… 신비학 관련 책들이 제일 많습니다."

"우리는 신비학 쪽은 잘 모르는데." 부인이 어깨를 으쓱하며 말했다.

그 말에 보스망스가 불쑥 이렇게 대꾸했다.

"법학 공부를 하시느라 신비학에 관심을 두실 시간이 없었던 게 아닐지……"

그러면서 그는 자신 없는 손짓으로 벽에 걸린 사진을 가리켰다. 사진 속 젊은 부부는 법복 차림이었다.

"다른 관심사들이 있어서였지요." 부인이 진지한 목소리로 이렇게 말하는 바람에 보스망스는 괜히 허물없이 군 걸 후회했다.

침묵이 흘렀다. 이번엔 마르가레트가 나서서 대화를 이어보았다.

"곧 앙드레 생일이라서…… 강아지를 한 마리 선물하는 건 어떨까 생각을 해봤는데요……"

계산 없이 덜컥 꺼낸 말이었다. 교수와 부인은 크게 놀란 것 같았다. 마치 마르가레트가 방금 상소리라도 한 것처럼.

"우리집은 한 번도 개를 길러본 적이 없어요." 페른 부인이 단호하게 말했다.

마르가레트는 눈을 내리떴다. 보스망스는 당황한 그녀의 얼굴이 붉어지는 걸 보았다. 나서서 그녀를 돕고 싶었다. 그러면서도 자신이 평상심을 잃지 않을까, 그래서 격해지지나 않을까 염려가 되었다. 키도 크고 어깨도 떡 벌어졌지만 언행은 조심스러운 그의 욱하는 기질은 상대를 늘 놀라게 했다.

"개를 싫어하십니까?"

페른 부부는 마치 보스망스의 질문을 알아듣지 못한 것처럼 그를 가만히 바라보았다.

"개가 있으면 아무래도 아이들이 좋아할 텐데요." 마르가레트가 우물쭈물하며 거들었다.

"나는 그렇게 생각 안 해요." 페른 부인이 말했다. "앙드레는 개 때문에 수학 공부에 방해받는 걸 참지 못할 거예요."

부인의 얼굴에 엄격한 표정이 깃들었다. 보스망스는 그 얼굴이 짧은 갈색 머리와 단단한 하관과 무겁게 내려앉은 듯한 눈꺼풀 때문에 얼마나 남자처럼 보일 수 있는지를 깨닫고 깜짝 놀랐다. 그녀 곁에 선 페른 교수는 어딘가 유약한 구석이 있었다. 붉은색에 가까운 금발 때문이었을까? 아니면 새하얀 피부 때문에? 보스망스는 쉬잔 페른이 웃을 때 입으로만 웃는 것도 눈여겨보았다. 웃을 때도 그녀의 눈은 여전히 냉랭했다.

"개 이야기는 없던 걸로 합시다." 페른 교수가 다감한 목소리로 말했다.

그럼요, 없던 걸로 해야죠. 이 근엄한 아파트에, 아마도 대대로 법조계에 몸담았을 테고 또래 학생들에 비해 이태는 앞서가는 아이들이 있는 이 가정에 개를 위한 자리는 없다. 이제 페른 부부가 여느 날처럼 그와 마르가레트만 남겨두고 거실에서 나갈 참이라는 느낌이 든 순간, 보스망스는 지금이 말을 꺼낼 적기라고 생각했다.

"제가 두 분께 조언을 구하고 싶은 일이 하나 있습니다만."

그는 자신에게 용기를 불어넣기 위해 부부가 검은 옷을 입고 있는 사진으로 시선을 돌렸다. 부부는 그의 말을 제대로 들었을까? 그의 목소리는 정말로 낮았는데…… 그는 곧바로 이렇게 고쳐 말했다.

"하지만 두 분을 더 붙잡지는 않겠습니다…… 다른 날 말씀드리지요."

"편한 대로 해요." 페른 교수가 말했다. "아무 때고 좋습니다."

교수와 부인은 똑같이 매끈한 미소를 두 사람에게 지어 보이며 거실에서 나갔다.

"무슨 조언을 구하고 싶었어요?" 마르가레트가 물었다.

그는 무슨 대답을 해야 할지 몰랐다. 그래, 무슨 조언이었을까? 교수 부부에게 도움을 청해야겠다는 생각이 든 건 변호사 법복 차림의 부부 사진을 보고 나서였다. 어느 날이던가, 그는 파리 법원의 문턱을 넘어 안으로 들어가 그 많은 사람들이 간혹은 모피로 가장자리를 두른 법복을 입고 위풍당당하고도 날래게 움직이는 모습을 지켜보았다. 어렸을 적에는 그 검은 옷을 입은 사람을 앞에 두고 피고인석에 앉은 한 젊은 여자의 사진을 보고 놀란 적도 있었다. 사진에는 이런 설명이 달려 있었다. "피고의 변호사가 피고 편에 서서 최선의 엄정함과 부모와도 같은 온정을 기해 피고를 변호하고 있다……"

그런데 보스망스는 대체 무슨 죄에 대한, 혹은 무슨 잘못에 대한 죄책감을 느끼는 걸까? 그는 똑같은 꿈을 여러 번 꾸었다. 꿈속에서 그는 꽤 위중한 범죄를 함께 저지른 종범從犯인 듯했다. 아직 남들에게 들통은 나지 않았지만 아무튼 그 자신도 죄목을 모를 범죄의 종범이었다. 그리고 어떤 위협이 그의 주변을 맴돌았다. 간혹 그 위협을 잊기도 했으나 위협은 그의 꿈속으로, 그리고 꿈에서 깬 뒤에도 날카롭게 찌르는 듯 그를 다시 찾아왔다.

그는 페른 부부에게 어떤 조언과 어떤 도움을 기대했던가? 그날 밤 그 집을 나서자마자 그는 웃음을 터뜨렸다. 마르가레트와 함께 승강기를 탔는데—천천히 내려가는 유리문 달린 승강기였고, 그는 안쪽 좌석에 앉았다—터져나오는 웃음을 참을 수가 없었다. 그의 웃음은 마르가레트에게도 전염되었다. 대체 무엇으로부터 보호해달라고 변호사들에게 부탁을 한다는 말인가? 인생으로부터? 그는 근엄한 페른 부부와 마주앉아 속내를 털어놓는 자신의 모습이, 영문도 모르는 채 유년 시절부터 품어온 죄책감과 수시로 찾아오는 유사流砂 위를 걷는 듯한 불쾌감을 그들에게 설명하려 애쓰는 자신의 모습이 잘 상상되지 않았다. 더구나 그는 이제껏 누군가에게 자신의 심정을 털어놓은 적도, 털끝만한 도움을 요청해본 적도 없었다. 그가 페른 부부에게서 자극을 받은 건 부부가 자신들의 지적, 도덕적 소양에 대해 품고 있는 듯 보였던 그 온전한 자신감, 그들에게서 비법 전수라도 받고 싶던 그 자기 확신 때문이었다.

그날 밤 천문대 공원의 철책은 열려 있었다. 그는 마르가레트와 함께 벤치에 자리를 잡았다. 밤공기가 포근했다. 그녀가 2월과 3월의 일부에 걸쳐 페른 교수의 집에서 일을 했다는 기억이 난다. 그들이 벤치에 그토록 긴 시간 앉아 있었던 걸 보면 아마 그해에는 봄이 이르게 찾아왔으리라. 보름달이 뜬 밤이었다. 두 사람은 페른 교수 집 창문의 불이 꺼지는 걸 바라보았다.

"그래서, 언제 저 부부에게 조언을 구할 생각인데요?" 마르가레트가 그에게 물었다.

두 사람은 다시 배를 잡고 웃었다. 두 사람은 나직나직 이야기를 나누었다. 그들이 공원에 있는 모습을 남들이 볼까봐서였다. 그렇게 늦은 시간이면 분명 외부인의 출입은 금지돼 있을 터였다. 마르가레트는 파리에 도착하고 나서 처음에는 개선문 근처 호텔에 머물렀다고 말했다. 아는 사람이 아무도 없었다고. 저녁이면 그 동네를 어슬렁거렸다고. 천문대 공원보다 조금 작은, 동상과 나무들이 있는 자그마한 공원이 근처에 있어 그곳 벤치에 바로 지금처럼 앉아 있었다고.

"거기가 어딘데요?" 보스망스가 물었다.

부아시에르 역. 이런 우연의 일치가…… 같은 해, 그도 저녁 일곱시쯤이면 곧잘 부아시에르 역에서 내리곤 했다.

"나는 벨루아 가 세비녜 호텔에서 지냈어요." 마르가레트가 말했다.

두 사람은 어쩌면 그 시절 그 동네에서 서로 마주쳤을 수도 있었다. 보스망스가 지하철 출구에서 나와 조금 걷다가 왼쪽으로 접어들면 나오던 좁은 길. 그는 날이 저물면 구 사블리에 출판사 서점에서 나왔다. 그리고 몽파르나스 역에서 지하철을 갈아타면 거기서부터 부아시에르 역까지는 한 번에 갔다.

그는 자신이 클레르퐁텐 공책 두 권에 빽빽하게 써내려간, 첨삭과 정정으로 뒤덮인 글을 자기 대신 타자쳐줄 사람을 구하고 있었다. 그는 신문 구직란에 실린 짧은 광고들 틈에서 다음과 같은 내용을 발견했다. 전직 간부 비서. 타자 업무 일체 가능. 시몬 코르디에. 16구 벨루아 가 8번지. 가급적 저녁 일곱시 이후 전화 요망. 전화번호 PASSY 63 04.

그는 왜 그토록 멀리, 센 강 반대쪽 끝까지 갔을까? 그의 어머니와 환속 신부가 끝내 그의 주소를 알아내고 찾아와 돈을 요구한 이후 그는 경계를 늦추지 않았다. 환속 신부는 젊었을 때 시집 한 권을 소책자로 펴낸 적이 있었는데, 보스망스도 글을 끼적인다는 사실을 어쩌다 알게 되었다. 그러다 그들이 불운하게 길에서 서로 마주친 어느 날, 남자는 빈정대며 보스망스에게 치근덕거렸다. 어이 보스망스, 작가 선생…… 자네는 문학의 문 자도 몰라…… 부름을 받는 자는 많아도 선택을 받는 자는 드물지…… 그의 어머니는 오만한 턱짓으로 남자의 말에 동의했다. 보스망스는 센 가를 내리달려 그들에게서 달아났다. 다음날 남자는 자신이 보스망스의 나이였을 적에 가졌던 재능을 보여주려는 목적으로, 그리고 문체의 귀감으로 삼으라는 뜻으로 오래된 자작시 한 편을 보스망스에게 보내왔다.

"그 어느 유월도 / 40년 하지 때의 유월보다 눈부시진 않았다 / 위대한 인물들은 벌써 전쟁에서 패했고 / 너는 가시덤불숲 사이를 달리다 무릎이 벗어졌다 / 동네의 음탕한 처녀들에서 멀찍한 / 순수하고 거친 소년 / 푸르른 하늘이 그토록 푸르렀던 적은 없었다 / 거기서 너는 젊은 독일군 전차병이 / 길을 지나는 것을 보았다 / 햇빛에 빛나는 그의 금발을 / 어린 시절의 / 네 형제를."

그때부터 보스망스가 자주 꾸게 된 꿈이 있었다. 그의 어머니와 환속 신부가 그의 방으로 들어왔는데 그는 그들을 제지하는 행동을 전혀 취할 수 없었다. 어머니는 지폐를 찾으려 그의 옷가지에 달린 호주머니를 뒤졌다. 남자는 책상 위에 놓인 클레르퐁텐 공책 두 권을 발견하곤 그쪽으로 시커먼 눈길을 한 번 던지더니, 음란 서적을 폐기하는 종교재판관 같은 엄숙한 얼굴과 단호한 태도로 공책을 차근차근 찢었다. 이 꿈을 꾼 뒤 보스망스는 대비책을 세워두고 싶었다. 적어도 그 타자수에게는 두 인간의 발길이 닿지 않을 것 같았다. 그녀는 중립지대에 안전하게 머물 수 있을 것 같았다.

처음으로 벨루아 가 8번지의 아파트 문 앞에서 초인종을 누르던 날, 그가 든 커다란 봉투에는 옮겨 적은 원고 이십여 장이 들어 있었다. 쉰 남짓한 여자가 문을 열어주었다. 머리는 금발에 눈은 녹색이었으며 몸가짐은 우아했다. 거실은 가구랄 만한 건 하나도 없이 텅 비어 있었다. 다만 두 개의 창문 사이에 밝은색 나무로 만든 홈바가 있고 높은 스툴이 하나 있었다. 여자는 그에게 스툴에 앉으라고 권하고 자신은 바 뒤에 서 있었다. 그녀는 뜸 들이지 않고 타자는 일주일에 십여 장만 칠 수 있다고 말했다. 보스망스는 그건 아무래도 상관이 없으며 오히려 더 잘됐다고 했다. 글을 고치는 데 시간을 더 들일 수 있을 터이기 때문이었다.

"그런데 무슨 글인가요?"

여자는 잔 두 개를 바에 올려놓고 위스키를 따랐다. 보스망스는 채 거절하지 못했다.

"소설입니다."

"아…… 소설가세요?"

그는 대답하지 않았다. 만일 그렇다고 대답하면 가짜 작위를 가지고 귀족 행세를 하는 평민 같은 인상을 줄 것 같았다. 혹은 아파트 초인종을 누르고는 선금을 내기만 하면 있지도 않은 백과사전을 가져오겠노라고 허풍을 떠는 사기꾼처럼 보일 것 같기도 했다.

그는 반년 가까이 시몬 코르디에를 정기적으로 찾아가 그녀에게 새 원고를 건네고 그녀가 작업한 원고를 받아왔다. 신중을 기하기 위해 자신이 수기한 원고는 그녀 집에 보관해달라고 부탁했다.

"뭐 겁나는 게 있나요?"

어느 날 그녀가 놀라움과 측은지심이 함께 담긴 시선으로 그를 가만히 바라보며 던진 이 질문을 그는 또렷이 기억한다. 당시라면 그의 얼굴에서, 말하는 방식에서, 걷는 방식에서, 심지어 앉는 방식에서도 불안이 드러났을 것이다. 그는 언제나 의자나 소파 가장자리에 한쪽 엉덩이만 걸치고 앉았다. 마치 거기는 자기 자리가 아니라고 생각하는 사람처럼, 그리고 곧 달아날 준비를 하는 사람처럼. 키도 크고 몸무게도 백 킬로그램에 달하는 거구의 사내에게서 보이는 이런 태도는 때로 남들의 놀라움을 샀다. 사람들은 말했다. "불편하게 앉으셨네요, 긴장하지 마세요, 편히 앉으세요……" 하지만 그것은 노력한다고 되는 일이 아니었다. 그에게서는 곧잘 미안해하는 사람의 느낌이 났다. 하지만 정확히 무엇에 대해서였을까? 그는 홀로 길을 걷다가 순간순간 자신에게 질문을 던졌다. 무엇이 미안해? 응? 살아 있다는 것이? 그럴 때 참지 못하고 소리내어 웃음을 터뜨리면 길을 가던 사람들이 돌아보곤 했다.

그렇기는 했지만 타자 작업이 끝난 원고를 찾으러 시몬 코르디에를 찾아가던 그 시절의 저녁이면 그는 정말 태어나 처음으로 숨막혀 죽을 듯한 느낌이 들지 않는다는, 처음으로 경계 태세를 해제한 것 같다는 생각을 했다. 부아시에르 역 출구에서는 그의 어머니와 그 동반자를 만날 염려가 없었다. 그는 아주 먼 곳에, 다른 도시에, 어쩌면 다른 생에 가 있었다. 그런데 도대체 왜 생은 그에게 권리를 행사할 수 있다고 착각하는 허수아비들을 그의 곁에 붙여놓았을까? 하지만 운명이 가장 보호하고 아끼는 사람이야말로 허무맹랑한 협잡꾼의 손아귀에 놀아나지 않던가? 그는 스스로 위안을 삼기 위해 이 말을 곱씹었다. 추리 소설들을 보면 그런 이야기가 무수하게 나왔다.

때는 9월에서 10월 사이였다. 그랬다, 그는 태어나 처음으로 가벼운 공기를 호흡했다. 사블리에 출판사의 서점을 나설 때에도 날이 아직 훤했다. 몇 달이 가도 계속될 것 같던, 어쩌면 영원히 끝나지 않을 것 같던 인디언 서머.

그는 시몬 코르디에의 아파트로 올라가기 전 라 페루즈 가 모퉁이에 있던 아파트 옆 건물 카페로 들어가 그녀에게 넘겨줄 원고를, 특히 알아보기 힘든 단어들을 새로 고쳐썼다. 시몬 코르디에가 타자를 친 원고에는 신기한 글자들이 가득했다. O자에 줄이 그어져 있는가 하면 악상 시르콩플렉스* 대신 트레마**가 찍혀 있기도 하고 모음 아래 세디유***가 붙어 있기도 했다. 보스망스는 그것들이 슬라브어나 스칸디나비아어 글자가 아닐까 생각했다. 아니면 그저 타자기가 외국산이라, 키들이 프랑스어에 없는 문자들을 품고 있었는지도 모른다. 시몬 코르디에에게 굳이

---

* ê에서 e 위에 붙은 기호.

** ë에서 e 위에 붙은 기호.

*** ç에서 c 아래 붙은 기호.

물어보지는 않았다. 그냥 그대로가 좋았다. 그는 혹 책이 출간될 기회를 얻으면 그 기호들을 그대로 보존해야겠다고 생각했다. 그 편이 책하고도 어울리면서 책에 필요한 이국의 향취를 부여했다. 따지고 보면 가장 명료한 프랑스어로 글을 쓰려고는 하지만 결국 그 자신 또한 시몬 코르디에의 타자기처럼 타국에 뿌리를 두고 있었다.

그녀의 집을 나서면 그는 다시 카페로 들어가 이번에는 타자 원고를 수정했다. 긴 밤이 온전하게 그의 것이었다. 그는 그 구역에 더 머물고 싶었다. 그는 생의 한 교차로에, 보다 정확하게는 미래를 향해 도약할 수 있는 한 경계에 도달한 느낌이었다. 처음으로 그의 머릿속에 그 단어가 떠올랐다. 미래. 그리고 또하나의 단어, 지평. 그 시절의 저녁, 그 구역의 조용하고 텅 빈 거리들은 모두 미래와 지평으로 통하는 탈주로였다.

그는 길을 거슬러가는 지하철을 타고 14구의 자기 방으로 돌아가기가 망설여졌다. 그 모든 것이 과거의 생, 조만간 버릴 헌 옷가지, 닳아버린 구두 한 켤레 같았다. 건물들이 모두 버려져 방치된 듯한—아, 아니다, 저 위 육층 한 창문에서 빛이 새나온다. 아마도 누군가 오래전부터 그를 기다린 것이리라—라 페루즈 가를 따라 걸으면 기억상실증에 걸린 기분이 들었다. 그는 벌써 자신의 유년기와 청소년기를 죄다 잊었다. 삽시간에 무거운 짐에서 해방됐다.

이십여 년 뒤 그는 우연히 그 동네에 발을 들였다. 인도에 서서 지나가는 택시들을 향해 손짓을 했지만 빈 택시는 한 대도 없었다. 그는 걸어가기로 했다. 그때 시몬 코르디에의 아파트가, 타자 원고와 거기에 찍힌 트레마며 세디유가 기억이 났다.

시몬 코르디에는 죽었을까. 그랬더라도 그 텅 빈 아파트에 이삿짐 부리는 사람들을 부를 필요는 없었으리라. 어쩌면 누군가가 홈바 뒤에서 예전에 그가 맡겨둔 수기 원고를 발견했을지도 모른다.

보스망스는 벨루아 가로 들어섰다. 그가 예전에 지하철 입구를 나서던 때와 같은 저녁 시간이었고, 그때의 인디언 서머 속을 걷고 있는 듯 계절도 같았다.

그는 시몬 코르디에가 살던 아파트를 목전에 두고 길 초입에 있는 세비네 호텔의 출입문 앞에 멈춰 섰다. 유리문은 열려 있었고, 작은 샹들리에가 복도에 희뿌연 빛을 퍼뜨리고 있었다. 그 시절의 가을 무렵, 그는 타자 원고를 찾으러 갈 때마다 지금처럼 이 호텔 앞을 지나갔었다. 어떤 날에는 이 호텔에 방을 잡고 강 저편으로 되돌아가지 않으면 어떨까 하는 생각도 했다. 그때 그의 머릿속엔 이런 표현이 떠올랐었다. 다리를 끊는다.

왜 나는 그때 마르가레트를 만나지 못했던가? 왜 몇 달 뒤에야

만났던가? 우리는 분명 이 길에서, 아니면 저 모퉁이 카페에서 서로를 보지 못한 채 스쳐지나갔을 것이다. 그는 호텔 문 앞에 가만히 서 있었다. 그 시절 이후 오랜 세월을 그는 삶의 일상사에 실려왔다. 주변 대부분의 사람들과 우리 사이의 차이를 없애는, 그리고 사람들이 세월이라 부르는 일종의 안개, 그 단조로운 흐름 속으로 서서히 섞여드는 그런 일상사들에. 그는 그 무감각 상태에서 퍼뜩 깨어난 느낌이었다. 안으로 들어가 저 복도를 따라 프런트까지 가서 마르가레트의 객실 호수를 묻기만 하면 된다. 이 호텔과 주변 거리들에 그녀의 왕래가 남긴 파장이, 그 메아리가 분명 남아 있을 것이다.

그녀는 스위스를 떠나 저녁 일곱시쯤 리옹 역에 도착했다. 바게리안이 준 캔버스와 가죽 소재 여행 가방을 들고 택시 승강장에 늘어선 줄을 향해 걸었다. 택시 기사가 주소를 물었을 때, 그녀는 길 이름을 불분명하게 발음했다. 벨로 가요. 기사는 모르는 길이라고 말했다. 그러곤 지도를 찾아보더니, 빌레트 수로 부근에 벨로라는 이름의 거리가 있다고 말했다. 하지만 바게리안은 그녀에게 '개선문 근처'라고 말했었다. 다행히 세비녜라는 호텔 이름을 듣고 택시 기사에게 떠오르는 것이 있었다. 그럼 그렇지, 벨루아 가 말이군요.

그녀는 꼭대기 층 52호실로 안내받았다. 전날 스위스에 있는 바게리안의 아파트에서 그녀는 뜬눈으로 밤을 지새웠다. 너무

피로해서 짐을 풀 수가 없었다. 그녀는 옷을 입은 채로 침대에 쓰러져 잠이 들어버렸다.

어슴푸레한 빛에 잠긴 방에서 눈을 뜬 그녀는 마치 흔들리는 배 위에 있는 듯 어지럼을 느꼈다. 하지만 바로 곁에 놓인 여행 가방을 보고는 안도했다. 항해하는 꿈을 꾸었는데, 배가 어찌나 격렬하게 앞뒷질을 하는지 그때마다 침대칸에서 떨어질 뻔했다.

전화가 울렸다. 그녀는 손을 더듬어 머리맡 등을 켰다. 수화기를 들었다. 바게리안의 목소리는 감이 멀었다. 지지직거리는 잡음이 들렸다. 그러더니 갑자기 소리가 명료해지면서, 마치 옆방에서 말을 걸어오는 듯 소리가 깨끗하게 들렸다. 호텔까지 잘 들어갔어? 그는 현실적인 조언들을 해주었다. 식사는 호텔에서 해도 되고 길모퉁이에 있는 카페에서 해도 된다는 것, 그녀가 일자리를 잡을 때까지 혹은 이후에라도 원하는 만큼 호텔에 머물 수 있으니 그녀에게 참 잘된 일이라는 것, 돈이 필요하면 주소를 일러준 은행으로 직접 찾아가면 된다는 것. 그녀는 자신이 절대로 그렇게 하지 않으리라는 걸 잘 알았다. 그녀는 그가 로잔 역까지 배웅하며 건넨 현금 봉투도 사양했다. 보모 일의 급료만 받았다. 보모…… 바게리안이 썼던 단어다. 철 지난 표현들을 무심코 입에 담았다가 마르가레트 르 코즈를 어리둥절하게 만들 때면 그 자신도 실소하곤 했다. 언젠가 그녀는 말씨가 참 섬세하다며 그를 칭찬했다. 그러자 그는 어릴 적 이집트에 있는 프랑스인 학교에 다녔는데, 그곳 교사들이 문장과 어휘에 대해 파리 본토에서보다 훨씬 더 까다로웠기 때문이라고 했다. 전화를 끊은 뒤, 그녀는 바게리안이 다시 전화를 걸어올까 하는 생각을 했다. 아마 이것이 마지막 통화였으리라. 그리고 그녀는 이 호텔방에, 낯선 도시 한가운데, 왜인지 이유도 잘 모르는 채 홀로 남으리라.

불을 껐다. 지금으로서는 어둑함이 더 좋았다. 다시 한번 인생에 단절이 생겼지만 그녀는 그것에 대해 아무 후회도, 아무 염려도 품지 않았다. 처음도 아니었고…… 그것은 언제나 같은 방식으로 일어났다. 그녀는 모르는 도시의 기다리는 이 없는 역에 도착했다. 출발 지점으로 되돌아간 적은 한 번도 없었다. 더구나 자신이 어느 지방 어느 도시 출신이라 말하면서 이따금 그곳으로 되돌아가는 사람들에게 있는 출발 지점 같은 건 그녀에게 애당초 없었다. 그녀는 이전에 살던 곳으로 절대 되돌아가지 않았다. 그러니 안시의 터미널에서 버스에 오르며 국경에서 붙들리는 건 아닐까 걱정할 때만 해도 피난처가 되어줄 것 같던 스위스였건만, 그녀는 스위스로도 다시 돌아가지 않을 것이었다.

그녀는 떠나야 할 때마다 일종의 희열을 느꼈고, 인생에 단절이 찾아올 때마다 이번에도 극복할 수 있을 거라고 매번 확신했다. 그녀는 자신이 파리에 오래 머물게 될지 알지 못했다. 그

건 상황에 달려 있었다. 이번에 좋은 점이 있다면 대도시에서는 누군가를 떨쳐내기가 쉽다는 것, 그리고 부아야발이 그녀를 찾아내기에 파리는 스위스보다 더 어려우리라는 것이었다. 그녀는 일자리를—독일어를 써먹을 수 있는 비서 자리를—구할 것이고, 되도록 남들과 섞여 있을 수 있는 사무실을 찾을 것이라고 바게리안에게 말했다. 그 말에 그는 놀란 듯했고 조금 염려하는 듯도 했다. 왜 다시 보모 자리를 구하지 않고? 그녀는 그의 말을 되받기가 싫었다. 네, 보모 일도요, 안전할 것 같은 집을 찾기만 하면요.

포부르 생토노레의 스튜어트 직업소개소를 찾아간 날, 그녀는 오래 기다려서야 눈이 작고 푸른, 금발의 오십대 남자와 면담을 할 수 있었다. 남자는 책상에 앉은 채 마치 포주 같은 집요하고 냉정한 눈으로 그녀를 잠시 관찰했다. 그녀는 어색하게 서 있었다. 남자가 건조한 목소리로 곧 이렇게 말할 것 같았다. 옷을 벗어봐요. 하지만 상상과 달리 남자는 그녀에게 자기 앞에 놓인 가죽 의자를 권했다.

"성함이?"

남자가 등록카드를 한 장 집어들고 펜 두껍을 벗겼다.

"마르가레트 르 코즈예요."

보통은 이런 질문이 되돌아왔다. 르하고 코즈를 따로 써요? 아니면, 브르타뉴 출신이세요? 하지만 금발 남자는 아무 말 없이 이름을 카드에 적었다.

"출생지가……?"

상대의 주의가 그녀에게 쏠리고 상대의 눈빛에서 놀라움, 호기심, 심지어 의심이 엿보이는 순간이 왔다. 빌뇌브 생 조르주나 느베르에서 태어났더라면 얼마나 좋았을까……

"베를린 라이니켄도르프요."

"철자를 불러주시겠어요?"

남자는 별 반응이 없었다. 그에게는 자연스러운 일인 모양이었다. 그녀는 라이니켄도르프의 철자를 불러주었다.

"독일인이십니까?"

"아뇨, 프랑스 사람이에요."

그래, 이렇게 뚝뚝하게 대답하는 편이 제일 좋다.

"거주지는요?"

"세비녜 호텔, 벨루아 가 6번지요."

"호텔에서 사십니까?"

그녀는 남자가 자신에게 의혹의 눈초리를 던지는 느낌을 받았다. 그녀는 애써 태연한 목소리로 말했다.

"네, 하지만 임시 거처예요."

남자는 천천히 끼적이며 카드를 채워나갔다.

"벨루아 가면 16구가 맞지요?"

"네."

그녀는 남자가 호텔 요금은 어떻게 지불하느냐고 물을까봐 걱정이 됐다. 요금은 바게리안이 내고 있었다. 그는 그녀가 원하는 만큼 세비녜 호텔에 묵어도 된다고 말했지만, 그녀는 한시라도 빨리 일자리를 찾아 그의 신세를 그만 지고 싶었다.

"신원 보증을 받을 데가 있습니까?"

남자는 카드를 향했던 고개를 들어 주의깊은 눈으로 다시금 그녀를 바라보았다. 무례한 시선은 아니었다. 다만 직업적인 냉정함을 담고 있었을 뿐.

"제 말씀은, 전에도 남의 집에 고용돼서 일하신 적이 있어요?"

"스위스에서 보모 일을 했어요."

그녀는 건조한 말투로 대답했다. 갑자기 이 푸른 눈의 포주에게 딴죽 걸고 싶어진 사람처럼. 남자는 진지하게 고개를 끄덕였다.

"스위스라…… 좋은 경력이군요. 아이 몇을 돌보셨습니까?"

"둘이요."

"일했던 집의 주인 이름을 알려주시겠어요?"

"바게리안 씨예요."

그녀는 남자가 그 이름의 철자를 불러달라고 하지 않아 놀랐다. 이름을 카드에 적어넣으면서 남자는 계속 고개를 끄덕였다.

"몇 년 전에 이런 이름의 고객이 한 분 있었는데…… 잠깐만 기다리세요, 확인해보죠."

남자는 의자를 뒤로 돌려 일어서더니 철제 캐비닛의 서랍을 열고 카드 하나를 찾아 뽑았다.

"맞아요, 미셸 바게리안 씨, 라 페루즈 가 37번지…… 우리한테 두 번 의뢰를 했군요."

그는 파리에 살았었다는 말을 한 적이 한 번도 없었다.

"그때도 보모 건이었군요."

남자가 그녀를 바라보는 시선에 이제 모종의 신뢰가 담겼다.

"그런데 바게리안 씨가 지금은 스위스에서 사신다고요?"

남자는 아마 그녀가 어느 날 오후 우시*의 한 호텔 로비에서 아이들과 함께 바게리안을 기다리면서 흘려들었던 두 할머니의 대화와 비슷한, 사람 사는 이야기를 나눠보려는 모양이었다.

"네, 스위스에 사세요."

그는 분명 그녀가 더 자세하게 이야기해주기를 바랐다. 하지만 그녀는 입을 다물었다.

"바게리안 씨와 같은 급의 집주인을 골라보겠습니다." 남자가 그녀를 사무소 문까지 배웅하면서 말했다. "등록카드에 붙일 사

---

* 스위스 로잔 시 레만 호숫가의 지역명.

진 한 장, 바게리안 씨가 서명한 신원 보증서 한 통이 필요하니 보내주시고요."

그리고 문을 열고 그녀를 돌아보며 말했다.

"기다려주세요. 연락드리겠습니다."

그녀는 호텔이 있는 구역을 여간해선 벗어나지 않았다. 처음에는 밤에 잠을 청하기 힘들었다. 새벽 세시경에야 겨우 잠이 들었다. 일곱시에 눈을 뜨면 어서 호텔방을 나가고 싶어 조바심이 났다. 그녀는 개선문까지 가서 신문을 샀고, 갔던 길을 거슬러와 라 페루즈 가 모퉁이에 있는 카페로 갔다. 그곳에서 구인란에 실린 광고들을 읽었다. 스튜어트 소개소의 금발 남자가 그녀와 헤어지며 건넸던 "기다려주세요. 연락드리겠습니다"라는 말은 그다지 고무적이지 않았다. 너무 기대하지 않는 편이 나았다. 바게리안은 여전히 저녁 일곱시면 전화를 걸어왔다. 세비녜 호텔은 지내기 좋아? 아니, 은행에는 아직 안 갔어요. 돈은 아직 넉넉했다. 그녀는 스튜어트 소개소에 제출할 신원 보증서를 그에게 부탁할 생각이 없었다. "아래 서명한 본인 미셸 바게리안은 마르가레트 르 코즈 씨가 본인에게 최상의 만족을 주었음을 보증하며……” 그녀를 거북하게 하고 심지어 슬프게 하는 무언가가 거기 있었다. 그는 분명 다른 '보모'들에게도 그와 비슷한 신원 보증서를 써주었으리라. 알 게 뭔가? 그가 자기와 잠자리를 함께한 모든 '보모'들의 명단을 수첩에 적어두었고 그녀의 이름은 명단 하단에 있을지. 그녀는 그런 생각을 한 것을 자책했다. 그녀를 도울 방도를 찾는 그에 대해 그런 생각을 해선 안 되리라. 나를 돕고, 나의 말을 들어주고, 운이 더 좋으면 나를 이해해줄 준비까지 된 사람들이 얼마나 적은가…… 전화가 오면 그녀는 그에게 예나 아니요로만 대답했다. 그에게 무슨 말을 해야 할지 알 수 없었다. 더구나 그의 목소리는 점점 멀어지면서 지지직거리는 잡음으로 덮였다. 그는 이제 스위스를 떠나, 아이들과 함께 가기로 돼 있던 브라질에서 전화를 거는지도 몰랐다. 그녀는 그에게 언제 떠날 예정이냐라든가 벌써 스위스에서 떠났느냐는 등의 질문을 하지 않았다. 그 역시 그에 관해 말이 없었다. 그는 전화기 너머로 들리는 냉랭한 목소리에 아마 그녀가 그런 일에 관심이 없을 거라 여겼을 것이다. 스위스에 있든 브라질에 있든, 그는 결국 싫증을 내고 전화를 걸지 않으리라. 그리고 그렇게 돼도, 그런대로 썩 좋을 것이다.

그녀는 그달 초에 스무 살이 되었다. 생일 당일에도 바게리안에게는 얘길 꺼내지 않았다. 그녀는 생일 축하를 받는 것에 익숙지 않았다. 그것은 가족과 친한 친구들과 더불어 이정표가 곳곳에 서 있는 길을 가는 사람들, 그 길을 따라가다 중간중간 쉴 수 있고, 그러다 다시 일정한 보폭으로 여정에 나설 수 있는 사람들에게 어울리는 것이었다. 그녀는 그와는 딴판으로 어디로 튈지 모르는 비약과 단절로 이어진 삶을 살아왔으며, 그때마다 제로에서부터 다시 시작했다. 그런데 생일이라…… 그녀는 벌써 여러 번의 삶을 산 것 같았다.

그래도 그녀는 자신이 스무 살이 되던 날을 기억했다. 그 전날, 그녀는 바게리안에게 차를 넘겨받아 아이들을 학교까지 바래다주었다. 아이들이 다니는 메리몽 교는 집에서 10여 킬로미터 거리로, 몽트뢰 가는 길 중간에 있었다. 아이들은 학교에서 주 3일을 기숙했다. 그녀는 드넓은 공원에 둘러싸인 산장 같은 그 건물이 학교라는 게 잘 믿기지 않았다. 그래도 교실과 일층에 있는 구내식당은 들어가본 적 있었다. 그녀는 수요일 저녁에 아이들을 데리고 왔다가 월요일에 다시 학교로 바래다주었다. 바게리안은 늘 아버지하고만 지내는 것보다 며칠 동안은 또래들과 함께 지내는 편이 아이들에게도 더 좋다고 그녀에게 말했다. 어쨌든 그녀는 절반의 시간 동안만 아이들 돌보기에 묶여 있으면 되었다. 그런데 바게리안 부인이라는 사람이 있기는 한 걸까? 마르가레트 르 코즈는 그 문제에 대해서는 함구하는 게 좋겠다고 여겼다. 그녀는 죽은 걸까, 아니면 가정을 등진 걸까?

학교에서 돌아오는 길에 그녀는 우시 대로를 따라 내려왔다. 빨간불을 보고 교차로에서 차를 세웠다. 오른쪽에 루아얄 사부아 호텔이 있는 지점이었다. 중세풍의 작은 탑들이 딸려 있어 볼 때마다 백설공주와 일곱 난쟁이가 떠오르는 호텔이었다. 그때 그녀의 심장이 쿵 하고 내려앉았다. 부아야발이 거기 있었다. 그는 인도에서 길을 건너려던 참이었다. 그녀는 고개를 돌리고 싶었지만, 꽉 끼는 검정 외투를 입은 남자로부터 눈을 뗄 수 없었다. 그녀는 이성적으로 판단하려 애썼다. 자동차 안에 있으면 안전하다고. 하지만 남자를 너무 빤히 바라보았다가는 그의 주의를 끌 수도 있다고. 그리고 실제로 남자는 대로를 건너다 그녀의 자동차 앞을 지나던 순간, 그녀를 보았다. 그는 얼굴을 찡그리며 놀라움이 서린 미소를 지었다. 그녀는 그를 알아보지 못하는 체했다. 남자가 자동차 앞에 떡 버티고 섰고, 그녀는 신호등이 얼른 초록색으로 바뀌지 않아 조바심이 났다. 광대뼈 부위가 얽은 마른 얼굴, 기름한 검은 스포츠머리, 냉랭한 잿빛 눈, 너무 꼭 붙는 옷에 낀 몸의 윤곽. 스위스에 온 후 그녀는 끝내 그를 잊었건만, 그가 바로 코앞에 버티고 선 지금은 그가 전보다 더 두려웠다. 아니, 더 역겨웠다고 말해야 할 것이다. 경박한 청춘들은 중립국의 햇빛 비치는 호숫가에서 몇 주간 평온하고 태평하게 지냈다는 이유 하나로 이제 난관을 무사히 벗어났다고, 오래된 악연에서 탈출했다고 지레짐작한다. 하지만 주의하라는 신호는 곧 다시 찾아온다. 그래, 그건 그렇게 쉽게 벗어날 수 있는 게 아니다. 신호등이 바뀐 순간, 그녀는 처벌받지 않을 거라는 확신만 있었더라면 일말의 가책 없이 그를 뭉개버렸을 것이다. 남자는 가까이 다가와 주먹으로 자동차 보닛을 퉁퉁 쳤다. 그리고 얼굴을 앞유리에 바싹 붙이려는 양 몸을 구부렸다. 얼굴에는 빈정거리듯 비뚤어진 미소를 짓고 있었다. 숨이 막혔다. 그녀는 서둘러 출발했다. 꽤 멀찍이 왔을 때, 차창을 내리고 바깥 공기를 들이마셨다. 가벼운 욕지기가 났다. 그녀는 좌회전해서 보리바주 쪽으로 가지 않고 그대로 직진했다. 호숫가에 닿자 기분이 조금 나아졌다. 넓은 산책로에는 방금 버스에서 내린 관광객들이 한가롭게 무리지어 걷고 있었다. 가이드인 듯한 남자가 그들에게 저 멀리 보이는 프랑스 쪽 연안을 가리켰다. 처음 그곳에 왔을 때, 그녀 역시 바게리안의 아파트 테라스에서 호수 건너편을 바라보면서 부아야발이 있는 곳이 100여 킬로미터밖에 떨어져 있지 않다는 생각을 했다. 그리고 그녀의 소재를 추적해 에비앙과 로잔을 왕래하는 배에 오르는 그의 모습을 상상했다. 그녀도 그 배를 타고 스위스로 들어올 방도를 모색했었다. 그러면 국경을 넘기가 더 쉬울 거라고 생각했다. 그런데 그 호수에 국경이라는 게 존재하기는 할까? 그녀는 대체 왜 그렇게 국경에서 붙잡힐까봐 두려워했던 걸까? 결국 그녀는 나중에 안시의 버스 터미널에서 안절부절못하며 버스에 올랐다. 버스를 타면 더 빨리 갈 것이므로. 이번에야말로 끝을 볼 작정이었으므로.

그녀는 차를 돌려 다시 우시 대로로 갔다. 차는 차고에 들여놓지 않고 골목에 세워두었다. 대문을 밀어서 열 때, 그 문을 잠글 수 있는 열쇠가 없는 것이 아쉬웠다. 아파트에는 그녀 혼자였다. 바게리안은 다섯시는 되어야 사무실에서 돌아올 것이었다.

거실 소파에 앉았다. 바게리안이 돌아올 때까지 참을성 있게 기다릴 수 있을까? 부아야발이 집주소를 알지도 모른다는 생각을 하니 두려움이 엄습했다. 아니다, 그는 다른 용무가 있어 왔을 것이다. 그녀가 스위스에 있다는 걸 그가 어떻게 알 수 있겠는가? 혹 누군가가 지난 4월 안시의 앙글르테르 호텔 로비에서 서른다섯 남짓한 미남형 갈색 머리 남자가 그녀에게 자신의 아이들을 돌볼 젊은 여자를 구한다고 말하는 걸 엿들었다면 모를까…… 남자는 혹 관심 있거든 연락하라며 그녀에게 주소와 전화번호를 건넸다. 어쩌면 그에게 아이 같은 건 없고 다만 그녀와 저녁 시간을, 혹은 긴 밤을 함께 보내고 싶은 것인지도 몰랐다. 하지만 남자는 그녀가 약속이 있다고 말하자 굳이 붙잡지 않았다. 그때 호텔 프런트에 있던 사람이 그녀를 데리러 왔고, 그 사람을 따라 들어간 사무실에서 그녀는 앙글르테르 호텔에는 그녀에게 줄 만한 일자리가 하나도 없다는 말을 들었다. 로비로 다시 나와보니 남자는 벌써 가고 없었다. 그가 준 쪽지에는 이렇게 적혀 있었다. 미셸 바게리안. 로잔 보리바주 가 5번지. 전화번호 320 12 51.

거실 창문 하나가 살짝 열려 있었다. 그녀는 발코니로 나가 난간에 몸을 기댔다. 아래로 보이는, 같은 이름의 호텔로 통하는 좁은 길인 보리바주 가는 텅 비어 있었다. 그녀는 자동차를 집 바로 맞은편에 세워두었다. 부아야발은 그녀를 알아보곤 어쩌면 자동차 번호를 기억해두었을지도 모른다. 볕이 드는 길에는 모든 게 평온했다. 나뭇잎들이 살랑거리는 소리마저 들렸다. 그 평화로운 길과 부아야발의 몸, 너무 꼭 끼는 검은 외투, 얽은 얼굴, 깡마른 몸에 달린 솥뚜껑 같은 두 손은 정말이지 서로 어울리지 않았다…… 아니, 그녀는 그 길에 발을 들인 남자를 상상조차 하고 싶지 않았다. 조금 전에는 환각에 사로잡혔을 뿐이다. 어린 시절의 공포가 되살아나 우리를 괴롭히는 악몽처럼 말이다. 그 꿈속에서 우리는 다시 학교 기숙사에, 혹은 소년원에 가 있다. 그러다 잠에서 깨면 모든 건 사라지고 우리는 크게 안도하며 웃음을 터뜨린다.

하지만 그녀는 그 거실에서는 웃고 싶은 마음이 들지 않았다.

그녀는 절대로 그에게서 벗어나지 못할 것이다. 얽은 얼굴과 솥뚜껑 같은 손을 가진 그 남자는 평생 그녀를 쫓아와 그녀가 들어가는 건물마다 앞에서 보초를 설 것이다. 건물에 문이 두 군데 있더라도 아무 소용 없을 것이다…… 그래, 이 상황에 미래란 없다. 그는 마침내 그녀를 죽이고 말 것이다. 안시에 있을 때, 역전 카페의 단골들 사이에서는 나이 열여덟인 그 남자가 권총 한 자루를 회색 권총집 속에 넣어 가지고 다닌다는 말이 돌았다. 그의 옛 친구들 이야기에 따르면, 실크 목도리를 목에 두르거나 지나치게 짧은 파일럿 점퍼를 입는 것처럼 권총도 그 나름의 겉멋이었다. 그냥 정상 참작을 기대하면서 바퀴벌레를 밟아 죽이듯 그를 죽여버리는 건 어떨까. 혼자 이런 상상의 나래를 펴다니, 어리석은 짓이다. 문득 바게리안과 이야기하고 싶었다. 그녀는 그의 사무실 전화번호를 알지 못했다. 지금 당장 그랑셴 가로 가서 그를 만나는 건 어떨까? 하지만 그는 점심식사를 하러 외출했을지도 모른다. 그녀는 시내에서 부아야발을 다시 마주칠까 두려웠다. 그냥 여기서 기다리는 편이 낫다.

그녀는 바게리안에게 모든 것을 털어놓기로 결심했다. 그에게 대비를 시켜두어야 했으므로 다른 선택의 여지가 없었다. 부아야발이 과격하게 나올지도 모르는 일이었다. 거실을 이리저리 서성이며 적절한 말을 찾으려 애썼지만 잘되지 않았다. 부아야발과 아무 사이도 아니라는 것을 어찌 설명한다? 그녀는 남자에게 경멸과 무관심으로 응대했었다. 그럼에도 남자는 마치 그녀가 제 것인 양 끈덕졌다. 어느 날 밤 안시의 루아얄 가를 지나는 그녀를 그가 뒤따라왔을 때, 그녀는 홱 돌아 그를 마주보며 왜 이렇게 끈질긴 것이냐고 단도직입적으로 물었다. 남자는 경련과도 비슷한 멍한 미소를 지어 보였다. 하지만 그 눈빛은 마치 그녀에게 맺힌 원한이 있다는 듯 서늘했다.

다시금 발코니에 몸을 기댔다. 길에는 아무도 없었다. 그녀는 바게리안이 돌아오기만 학수고대했다. 아직 한 시간을 더 기다려야 했다. 그녀는 그가 혼자 돌아오기를, 자신이 '비서'라고 부르는 여자나 '노르웨이 여자'라고 별명 붙인 여자를 달고 오지 않기를 간절히 바랐다. 보아하니 바게리안과 제일 잦게 밤을 보내는 사람은 '노르웨이 여자'였다. 그녀는 정말 노르웨이 여자일까? 말투에 가벼운 스칸디나비아 억양이 있었다. 푸른 눈에 금발이라 둘 중에서는 더 예뻤다. 마르가레트가 '비서'라 부르는 다른 여자는 짧은 갈색 머리였는데, 아주 쌀쌀맞아서 그녀에게 말도 잘 걸지 않았다. 그래, 바게리안이 돌아오면 모든 게 나아질 것이다. 그녀의 심리 상태는 안시의 앙글르테르 호텔 로비에서 그를 처음 만나던 날과 같았다. 그 호텔에 일자리가 없다는 말을 듣고 그녀는 낙담했다. 루아얄 가에는 비가 내렸지만 비를 피하고 싶은 생각조차 들지 않았다. 예상 가능한 유일한 앞일이라야 부아야발이 쫓아와 그 냉랭한 눈으로 그녀를 쏘아보며 '라 타베른'에서 같이 한잔하자고 제안하는 것뿐이었다. 그녀는 평소처럼 거절할 것이고, 그러면 그는 알비니 대로와 종마사육장의 담장을 따라 지나가는 동안 계속 그녀를 쫓아올 것이었다. 그리고 그녀가 나오기를 기다리면서 그녀 집 앞에 진을 칠 것이었다. 그러다 한 시간이 지나면 풀이 죽을 것이고, 그녀는 껑충하게 짧은 가죽 점퍼를 입은 그의 모습이 빗속에서 멀어져가는 모습을 창문으로 바라볼 것이었다. 하지만 그날 오후가 저물도록 부아야발은 모습을 드러내지 않았다. 아케이드가 있는 곳에 다다랐을 때, 마르가레트는 트렌치코트 주머니에서 아까 만난 갈색 머리 남자가 주소를 적어 건네준 종잇조각을 꺼냈다. 바로 그에게 전화를 걸고 싶었다. 하지만 생각해보니 그가 로잔에 있는 자기 집에 가 있으려면 적어도 다음날까지는 기다려야 할 것 같았다. 왜 내일까지 기다리지? 온 길을 되돌아갈 수도 있는데. 그가 아직 앙글르테르 호텔을 떠나지 않았을지도 모르는데. 그래, 그 남자가 그녀의 유일한 희망이었다. 그리고 지금, 아파트 거실에 혼자 있는 그녀는 그때와 똑같은 조바심을 느끼고 있다. 그녀는 이따금 발코니로 나가 시선을 우시 대로에 고정한 채 바게리안이 모습을 드러내기만을 바랐다. 안시에서 그녀는 이틀에 걸쳐 320 12 51번으로 전화를 걸었었다. 하지만 아무도 받지 않았다. 마침내 전화기 너머로 그의 목소리가 들리고, 그가 바로 다음날 오는 건 어떠냐고 말한 순간의 안도감을 그녀는 기억한다. 초봄의 화창한 오후였다. 아담한 버스 터미널 건물 앞 정류장에서 버스에 몸을 싣고서도 그녀는 경계를 늦추지 않았다. 부아야발이 유리창 밖으로 느닷없이 나타나 좌석에 앉은 그녀를 찾아내지나 않을까 겁이 났다. 그러면 그는 버스로 올라올 것이고, 그녀를 밖으로 끌어내릴지도 몰랐다. 그런데도 운전대 앞에 진작 자리잡고 앉아 있던 버스 기사는 그녀를 도우려 나서지 않았을 것이다. 몇 안 되는 다른 승객들도 불편한 기색을 한 채 앉아만 있었을 것이다. 그녀의 머릿속에 이런 말이 떠올랐다. 인명구조 불이행의 죄.

차가 출발했고, 그녀는 살았다. 버스는 햇빛을 받으며 천천히 브로니 대로로 나가 베르톨레 고등학교와 헌병대 본부를 지나 달렸다. 그녀의 기쁨을 방해하는 건 한 가지 어렴풋한 걱정뿐이었다. 트렌치코트 주머니에 든 여권의 유효기간이 일 년 전 이미 만료가 되었다는 것. 하지만 국경에서 붙잡히든 말든 상관없었다. 온 길을 되돌아가지 않겠다는 결심이 이미 굳게 서 있었다.

그날처럼 화창한 오후였다. 햇빛이 거실 벽 위에 커다란 점들을 만들었다. 바게리안이 돌아올 때까지 기꺼이 아파트 밖으로 나가 호숫가를 따라 공원까지 거닐고 싶은 날이었다. 삶이 산뜻

해야 어울릴 봄날의 오후. 그녀가 곧잘 그래왔듯이 타고난 태평함에 모든 걸 맡기기만 하면 아무 문제 없을 법한 날이었다. 공원 오솔길 곳곳에 그녀의 호기심을 자아내는 표지판들이 있었다. 원숭이 무리를 표현한 한 조각상 받침대에는 격언 하나가 적혀 있었다. "한 눈으로만 보라. 한 귀로만 들으라. 침묵하는 법을 알라. 늘 시간을 지키라." 그녀는 그 뜻을 완전히 이해하지 못하면서도 따로 적어두었다. 잔디밭 가장자리마다 "어린 잔디를 밟으면 안 됩니다"라고 쓰인 안내판이 세워져 있었다. 그녀는 자주 아이들과 함께 공원을 산책했다. 하지만 부아야발이 그녀를 찾아 우시 대로를 어슬렁거리고 있다는 생각이 들자 밖으로 나가고 싶은 욕구가 싹 달아나버렸다. 그녀가 안전하게 몸담고 있다고 믿었던 호수가, 공원이, 볕 드는 거리들이 별안간 그의 존재로 오염된 듯 보였다. 그런 사람들이 있다. 당신이 선택하지도 않았고, 당신은 바라는 것도 없고, 심지어 어쩌다 마주쳐도 당신은 알아보지도 못할 텐데, 아무 영문 모르는 당신의 행복을 굳이 방해하려는 사람들이.

오후 다섯시쯤, 골목길을 걸어오는 바게리안이 보이자 마르가레트는 마음이 놓였다. 다행히 그는 '비서'나 '노르웨이 여자'를 달고 오지 않았다. 저 위쪽 시내에서 집으로 돌아오기 위해 그는 전철—비탈을 오르내리므로 그녀가 부르듯 산악철도에 가까운—을 탔을 것이다. 그녀도 자주 아이들과 함께 전철을 탔다. 아이들은 야릇한 전철역 이름들을 다 외우고 있었다. 조르딜. 몽트리옹. 중앙역. 그녀는 혼란스러운 마음에 그의 이름을 부르며 손짓했다. 그는 고개를 들어 발코니를 보곤 그녀에게 미소를 지었다. 그는 그녀가 자신을 성이 아닌 이름으로 불렀는데도 놀라는 기색이 없었다. 마르가레트는 그가 계단참으로 채 올라오기도 전에 현관문을 열었다. 그리고 평소처럼 손을 내밀어 악수하는 대신 손을 그의 어깨 위에 얹고 얼굴을 그의 얼굴 가까이 가져갔다. 그는 털끝만큼도 놀라움을 내비치지 않았다. 그의 입술의 감촉을 느끼고 그녀는 안도했다. 아직도 그것이 부아야발을 잊을 수 있는 최선의 방법이었다.

잠시 후 두 사람은 한 식당에 와 있었다. 코트 다쥐르풍 황톳빛 건물들이 즐비한 한 경사진 대로 가에 자리한 식당이었다. 하늘 맑은 날의 황혼녘이면, 그녀는 자전거를 타고 그 텅 빈 길을 달려내려가면 바다에 닿을지도 모른다는 생각을 하곤 했다. 그녀는 그날 밤 있었던 곡절을 모두 또렷하게 기억하지는 못한다. 그녀는 평소보다 술을 많이 마셨다. 식사가 끝난 뒤 두 사람은 차에 올라탔고, 바게리안이 무언가 잊고 온 일이 있다고 하여 그의 사무실이 있는 시내를 향해 달렸다. '비서'가 아직 그곳에 있었다. 늦은 시간임에도 불구하고 마치 이사 가는 사람처럼 바닥에 쌓인 서류들을 분류하고 있었다. 바게리안은 전화를 몇 통 걸었고 그녀는 그가 하는 말을 하나도 이해하지 못했다. 아마 조금 취했던 모양이다. 저쪽에서 전화를 받는 사람은 대체 누굴까? '비서'는 입도 크게 벌리지 않고 "안녕하세요" 하고 인사한 뒤 그녀를 모르는 체했다. 그래, 그녀는 분명 '노르웨이 여자'에 비해 매너가 좋지 않았다. 세 사람은 함께 사무실을 나섰다. 그랑셴 가의 인도를 걷다가, 바게리안이 근처 호텔 바에서 같이 한잔하자고 제안했다. 마르가레트는 바게리안과 '비서' 사이 가죽 안락의자에 앉았고 앞에는 보드카 한 잔이 놓였다. 바게리안이 "러시아식으로"라고 말하며 '비서'와 그녀에게 건배를 제의했다. 바게리안과 '비서'는 안시의 역전 카페에서 쓰던 표현을 빌리면 원샷으로 잔을 비웠지만 그녀는 조금씩만 홀짝였다. 보드카를 마셔본 것이 처음이었기 때문이다. 그녀가 보기에 '비서'는 아까보다 조금 상냥해진 것 같았다. 그녀에게 미소를 짓기도 하고 질문도 던졌다. 로잔은 살기 좋아요? 전에는 어디서 일했어요? 가족은 프랑스에 있어요? 그녀는 어떻게든 대답을 해보려고 애썼지만 말들 대부분이 입 밖으로 나오지 않았다. 그래도 바게리안과 '비서'는 말을 못하는 그녀의 고충에 진심으로 마음이 쓰인다는 듯 너그러운 표정으로 그녀를 바라보았다. 그녀는 자신의 입에서 나오는 몇 마디 안 되는 말들이 시간이 갈수록 더 불분명해

지고 있다는 걸 잘 알았지만, 그럼에도 난생처음으로 아무런 거북함도 아무런 걱정도 들지 않았다. 언제나 남들과 함께 있을 때면 그녀를 괴롭히던, '격이 맞지 않는' 데에서 오는 두려움이 더는 들지 않았다. 그래, 그들은 그녀를 있는 그대로 받아들여야만 하고, 이제 그녀는 그들의 격에 맞추기 위해서 어떤 노력도 하지 않을 것이다. 그냥 자기가 자기라는 사실에 만족할 것이다. 그것이 그들 마음에 들지 않는다 해도 어쩔 수 없다. 그때 머릿속에 문장 하나가 떠올랐다. "나는 나를 사랑하는 사람을 사랑한다." 그러다 어느 순간 자신이 바게리안과 '비서' 앞에서 그 문장을 큰 소리로 말하고 있다는 걸 깨달았다. 비서가 재미있다는 눈빛을 발했다. 바게리안이 그녀를 향해 몸을 기울이곤 부드러운 목소리로 이렇게 말했다.

"그럼요 마르가레트, 옳은 말이에요, 전적으로 맞는 말이야. 나는 나를 사랑하는 사람을 사랑한다……" 그는 그 문장에 감명을 받은 모양이었다.

마르가레트는 혹 '노르웨이 여자'가 와서 그들과 합류하지 않을까 하는 생각을 했지만, '노르웨이 여자'와 '비서'가 함께 있는 모습을 보는 건 드문 일이었다. 두 여자는 한 사람씩 번갈아 바게리안의 아파트에서 밤을 보냈다. 어느 하루는 둘이 함께 그와 머문 적도 있었다. 마르가레트는 그의 애정 사업이 분명 퍽 복잡

할 것이라고 생각했었다. 그럼 지금은 어떨까? 두고보면 알 일이었다. 안시의 역전 카페 주인 말마따나 어떻게든 되겠지 하며 살아야 한다. '비서'는 점점 더 상냥해졌다. 그녀가 마르가레트의 손을 잡으면서 말했다.

"그래요, 말이 정말 예뻐요. 나는 나를 사랑하는 사람을 사랑한다…… 내가 잊어버리지 않게 좀 써주세요."

바게리안이 마르가레트에게 물었다.

"보드카를 싫어해요?"

싫기는요. 그녀는 뭐든 다 좋았다. 그녀는 남들을 난처하게 만드는 사람이 아니었다. 단숨에 잔을 비웠다.

바깥으로 나왔을 때, 그녀는 '비서'가 아파트로 함께 가는 건지 궁금했다. 하지만 아니었다. '비서'가 바게리안에게 말했다.

"내일 봐요, 미셸."

두 사람은 악수를 했다. 그러더니 비서가 마르가레트를 보고 미소를 지으며 말했다.

"그 사랑에 관한 말 좀 써주세요, 예? 정말이지 예뻐서요."

그녀는 비서가 멀어지는 모습을 바라보았다. 고요 속에서 하이힐이 규칙적으로 또각거리는 소리가 들렸다. 자동차는 시동을 끈 채 우시 대로를 따라 미끄러졌다. 길의 경사가 그녀에게 가벼운 현기증을 일으켰다. 그녀는 둥둥 떠 있었다. 그녀가 바게리안의 어깨에 머리를 기대자 그는 다이얼을 돌려 라디오를 켰다. 나긋한 목소리의 아나운서가 독일어로 말하고 있었다. 그녀가 태어난 베를린 말이 아닌 묘한 독일어였다. 독일 남쪽 말인가보다, 하고 그녀는 생각했다. 말에 가벼운 마르세유 억양이 있었다. 그러다 마르세유식 독일어라는 생각에 웃음이 났다.

"조금 전보다 훨씬 편안해 보이는데요." 바게리안이 말했다.

그녀는 머리를 계속 그의 어깨에 기대고 있었다. 자동차가 빨간 신호등 앞에 멈춰 섰을 때, 그는 살짝 몸을 돌려 그녀의 머리칼과 뺨을 쓰다듬었다.

차가 보리바주 가로 들어선 순간, 마르가레트는 그 꼭 끼는 검은 외투를 입고 아파트 앞에 서 있는 부아야발의 모습을 알아보았다. 저기 봐요, 그녀가 바게리안에게 주의를 주었다. 그녀는 여느 때와 같은 두려움이 느껴지지 않는 것이 놀라웠다. 아니, 오히려 반대였다. 치밀어오르는 분노에 숨이 가빴다. 방금 마신 보드카 때문일까, 아니면 바게리안이 곁에 있기 때문일까? 심지어 부아야발에게 덤비고 싶은 마음도 생겼다. 그러니까 그녀의 인생을 망가뜨리고 그녀를 옴짝달싹 못하게 몰아붙인 게 바로 저치란 말인가? 고작 저치 때문에? 그녀가 햇볕을 쪼이는 걸 방해한 저 멍청이 때문에…… 결국 그녀는 체념을 하고 말았었다. 마치 그게 운명이며 그녀는 그 이상을 바랄 수 없는 사람인 양.

"밀어버려." 그녀가 바게리안에게 말했다.

그러면서 아파트 앞에 선 남자를 가리켰다.

"왜 내가 저 사람을 밀어버리기를 바라는데?" 바게리안이 속삭임에 가까운 나긋나긋한 목소리로 물었다.

두 사람이 말을 놓은 건 그때가 처음이었다. 그녀는 공포가 다시금 자신을 삼켜버리는 걸 느꼈다. 마치 진통제를 복용하고 몇 시간이 지나면 두통이 재발하는 것처럼. 바게리안이 차를 세웠다. 부아야발은 꼼짝 않고 그 자리에 서 있었다. 그를 피해서 가는 건 불가능했다.

"난 저 남자 무서워요. 잠깐 차 안에 있으면 어때요?"

바게리안이 그녀를 향해 고개를 돌렸다. 놀란 표정이었다.

"저 남자가 대체 왜 무서워?"

그의 목소리는 변함없이 침착했다. 그는 부아야발을 바라보며 비웃는 듯한 미소를 잃지 않았다.

"여기서 뭐하느냐고 내가 가서 물어볼까?"

부아야발이 차에 탄 사람들을 좀더 자세히 보기 위해 몇 걸음 앞으로 걸어나왔다. 마르가레트와 그의 눈이 마주쳤다. 그가 그녀에게 미소를 보냈다. 그러더니 아파트 앞으로 되돌아갔다.

"오늘 낮에 공원까지 걸어갔는데 저 남자가 따라왔었어요."

바게리안이 밖으로 나가려고 차문을 열자 그녀가 그의 팔을 붙들어 말렸다. 회색 가죽집에 든 권총은 빙산의 일각이었다. 그건 부아야발의 옛 친구들 말마따나 '겉멋'에 지나지 않았다. 그는 날이 여러 개 달린 칼을 몸에 지니고 다니기도 했다. 그가 제일 즐겨하는 장난 중 하나는 역전 카페에서 포커판을 벌이기 전에 자신의 왼손을 테이블 위에 올려놓고 손가락을 쫙 벌린 뒤 점점 더 빠른 속도로 손가락 사이에 칼을 내리꽂는 것이었다. 만일 칼날이 그의 손을 스치지 않으면 카드 게임 상대들은 50프랑씩을 그에게 주어야 했다. 그리고 만일 상처를 입으면, 그는 그냥 제 손을 흰 손수건으로 싸매고 아무 일 없었던 양 게임을 시작했다. 어느 날 마르가레트가 카지노 극장에 가던 길이었다. 르 파키에 산책로를 지날 때 그가 뒤따라오자, 그녀는 다른 날보다 더 단도직입적으로 자기를 가만 내버려두라고 말했다. 그러자 그는 칼을 꺼냈다. 찰칵 하는 소리 한 번에 칼날이 발딱 일어섰다. 그는 칼끝으로 그녀의 가슴골을 지그시 눌렀다. 그때 그녀는 엄청나게 겁을 집어먹고 꿈쩍하지 않으려고 무진 애를 썼다. 그는 특유의 기묘한 웃음을 지으며 그녀의 눈을 똑바로 들여다보았다.

"무서워하는 건 바보 같은 짓이야." 바게리안이 말했다. "나는 뭐가 무서웠던 적이 없어."

그가 그녀를 차 밖으로 이끌었다. 그리고 그녀의 팔을 잡았다. 두 사람은 아파트 출입구 앞에서 남자와 마주섰다. 바게리안은 천천히 발걸음을 옮기며 그녀의 팔을 꽉 붙잡았다. 바게리안과 함께 있으니 그녀는 어느 정도 마음이 놓였다. 그녀는 자신에게 용기를 불어넣기 위해 속으로 되뇌었다. '이 사람은 어린이 성가대원이 아니야.' 그래, 매너도 좋고 고상한 프랑스어를 구사하지만, 지금 그녀의 팔을 꽉 붙잡고 있는 이 남자는 무언가 위험한 사업을 벌이고 있는 것이 분명했다. 그녀는 그의 사무실을 드나드는 남다른 인상의 사람들을, 그리고 어느 날 늦은 오후 아이들을 데리고 제네바 론 호텔 로비로 그를 만나러 갔을 때 그와 함께 있던 이상한 사람들을 눈여겨봤었다.

"뭐 찾는 게 있습니까?" 바게리안이 물었다.

부아야발은 아파트 입구에 등을 기대고 팔짱을 꼈다. 그리고 억지 미소를 지으며 두 사람을 빤히 바라보았다.

"길을 막고 있으니 말입니다." 바게리안이 나긋한 목소리로 다시 말했다.

마르가레트는 뒤로 물러나 있었다. 남자는 팔짱을 낀 채 움직이지도 입을 열지도 않았다.

"좀 지나갈까요?" 바게리안이 마치 자는 사람을 깨울세라 조심하는 듯 더 나직한 목소리로 말했다.

그는 부아야발의 어깨를 밀어 그의 발을 오른쪽으로 떼놓으려 했다. 하지만 부아야발은 꿈쩍하지 않았다.

"이러시면 완력을 쓸 수밖에 없죠."

바게리안이 부아야발을 앞으로 힘껏 밀치는 바람에 부아야발의 몸이 튕겨나와 도로변에 대자로 널브러졌다. 마르가레트는 그의 입아귀에 피가 흐르는 걸 보고 혹 그가 의식을 잃은 건 아닐까 생각했다. 바게리안이 걸어나와 그에게 몸을 숙이고서 말했다.

"이 시간에는 뤼민 대로로 가야 아직 문을 연 약국을 찾을 수 있을 거요, 선생."

그러고는 현관문을 열고 마르가레트에게 길을 터주었다. 그는 다시 그녀의 팔을 잡았다. 승강기 안에서 그는 그녀에게 아무것도 묻지 않았다. 마치 아무 일도 없었다는 듯, 그리고 무엇이 어찌되었건 별 상관 없다는 듯.

잠시 후 두 사람은 소파에 나란히 앉았다. 그녀는 그에게 해명을, 얼마 전부터 그 남자가 끈덕지게 자신을 쫓아다닌다는 말을 하고 싶었다. 하지만 그는 온화하게 미소만 짓고 있었다. 누가 보았다면 그가 친구들과의 즐거운 저녁 파티를 마치고 돌아온 참이고, 조금 전 사건은 일어나지도 않은 줄 알았을 것이다. 안시에 있을 때, 그녀는 처음에는 보호를 요청하고 혹 고소할 수 있을까 하여 두 번 경찰서를 찾았다. 그곳에서는 그녀의 일을 심각하게 받아들이지 않았다. 처음 갔을 때 형사가 그녀에게 말했다. "아가씨가 정말 예쁘시네…… 남자들이 따를 만도 해요." 두 번째에는 첫번째보다 훨씬 덜 친절해졌고 사람들은 그녀를 의심스럽다는 듯 쳐다보았다. 아무도 그녀에게 관심이 없었다.

"미안해요." 결국 그녀가 우물거리며 입을 뗐다.

"뭐가 미안해?"

바게리안은 두 개의 잔에 술을 따랐다. 그리고 그녀에게 가까이 다가와 귓전에 속삭였다. "러시아식으로."

그녀는 이번에는 단숨에 잔을 비우기로 마음먹었다. 아파트 앞에 부아야발이 있다는 사실에 대해 바게리안이 아무런 호기심을 드러내지 않는 건, 아마 살아오면서 더 심란한 일들을 겪어서 그 일이 그에게는 하찮게 보였기 때문일 것이다. 그것이 그가 전혀 놀라지 않고 내내 냉정한, 심지어 태연자약한 이유였다. 그의 분별은 옳았고, 그녀는 그래서 그가 좋았다. 바게리안이 거실의 전등을 껐다. 그녀는 자신의 블라우스 단추를 푸는 그의 손길을 느꼈다. 오래전 다른 남자가 칼날로 눌렀던 부분이었다. 하지만 지금은 그때와 다르다. 그녀는 마침내 막힘없이 부유할 수 있었다. 그랬다, 그와 함께 있으니 갑자기 모든 게 아주 간단해 보였다.

그녀는 새벽 네시쯤 바게리안의 침실을 살짝 빠져나와 거실 소파와 양탄자에 아무렇게나 널브러진 옷가지를 정리했다. 그건 기숙학교 시절이 남긴 조건반사이기도 했고, 진정 자신의 것이 되지 않을 장소나 침실에는 절대로 머물지 않는 습관이기도 했다. 언제나 통과중, 그리고 경계중. 옷가지는 늘 가지런히 정리해서 곁에 두어야 했다. 위협의 조짐이 보이기만 해도 바로 떠날 수 있도록.

거실 창문이 빠끔 열려 있어 비 오는 소리가 들렸다. 그녀는 이마를 유리창에 갖다댔다. 저 아래로 아직도 부아야발의 모습이 보였다. 밤새 켜두는 출입구 벽등 불빛 때문에 그가 잘 보였다. 그는 필요 없는데도 경비 서길 고집하는 보초 같았다. 그는 담배를 피우고 있었다. 턱 쪽에 핏자국이 보였다. 그는 현관 처마 아래로 들어가 비를 피하지도 않았다. 아주 꼿꼿하게, 거의 차려 자세로 서 있었다. 그러면서 이따금 담배를 한 모금씩 빨았다. 젖은 외투가 그의 몸에 달라붙어 있었다. 그녀는 저 시커먼 몸이 평생에 걸쳐 그녀의 시야에서 먼 지평을 가려버리는 건 아닐까 하고 생각했다. 그녀 안에 축적된 인내를 길어올려야 할 때였다. 하지만 그녀는 어린아이였을 적부터 늘 그렇게 살아왔다. 대체 왜 그런 걸까? 그리고 대체 언제까지 그래야 할까?

세비녜 호텔에 머물 때, 마르가레트는 안시에 있을 때 자주 그랬던 것처럼 불면의 밤을 보냈다. 수면제를 먹었다간 혹시라도 영영 깨어나지 못할까봐 무서웠다.

안시에서 한번은 새벽 세시가 됐는데도 잠이 오지 않아 도무지 방안에 그냥 있을 수가 없었다. 그래서 바깥으로 나가 휑한 보줄라 가를 따라 걸었다. 불이 켜진 곳이라곤 밤새 영업하는 역전 카페뿐이었다.

그녀는 잠을 청하지 못할 때마다 그곳을 찾았다. 있는 손님들은 늘 같은 사람들이었다. 그런데 한 가지 신기한 점이 있었다. 거기 있는 사람들이 대낮에 거리에서는 볼 수 없는 사람들이라는 점이었다. 아니, 볼 수 있는 사람도 있긴 했다. 로지는 루아얄 가의 향수 가게에서 일했다. 마르가레트는 유리창 너머로 그녀를 바라보면서, 저렇게 외모에 신경을 쓰고 미소 짓고 있는 금발 여자가 밤에 본 그 여자와 같은 사람인가 하고 생각했다. 의사인 에르비외도 늦은 오후에 몇 번인가 마주친 적 있었다. 이 사람이 정말 그 남자와 같은 사람인가? 대낮에는 로지도 에르비외도 그녀를 알아보지 못하는 것 같았는데, 밤에 카페에서 만나면 그들은 그녀에게 말을 걸었다. 하지만 그 둘 외의 사람들은 마치 동이 트자마자 사라져버리는 사람들처럼 한 번도 낮에 만난 적이 없었다. 올라프 바루, 기 그렌, 그리고 사람들이 우리 예쁜 이르마라고 부르던 여자…… 그녀가 부아야발을 처음 본 곳도 바로 그곳 역전 카페였다. 처음에 그녀는 몸을 사리지 않았다. 부아야발은 그녀에게 퍽 예의바르게 굴었다. 그녀에게 다가와 악수를 하고 다정하게 몇 마디를 건네다가 포커판을 벌이곤 했다. 그러다 시간이 지나면서 그녀는 그가 얼마나 신경질적인 사람인지 알게 되었다. 어느 날 밤, 부아야발은 그녀에게 낮에 함께 라 클뤼자에 가서 스키를 타자고 제안했다. 그녀는 거절했다. 그녀는 한 번도 스키를 타본 적이 없었다. 그러자 그가 공격적으로 말했다.

"왜요? 내가 겁나요?"

그녀는 깜짝 놀라 대답할 말을 찾지 못했다. 다행히 다른 남자들이 포커를 시작하자며 그를 데리고 갔다. 그녀는 남자가 그로부터 몇 해 전 프랑스 스키 국가대표팀에 발탁되려던 와중에 꽤 심각한 부상을 당하고 말았다는 사실을 알게 되었다. 남자는 그 뒤 라 클뤼자와 므제브에서 코치 생활을 하다가, 당시에는 관광안내소에 어설피 고용돼 있었다. 아마도 그런 이유로 그는 그녀가 스키에 별반 열의를 보이지 않고 거침없이 그의 제안을 거절해버리자 성이 났던 것이리라. 하지만 그로부터 며칠 밤이 지나는 동안 그녀를 대하는 그의 태도는 점점 우려스럽게 변해갔다.

그녀는 이른 오후 라 포스트 가의 서점에 반나절 동안 일하러 가던 길에 남자와 몇 번 마주쳤다. 그는 그녀가 자기와 말을 섞기를 꺼린다고 느끼는 듯 길을 막고 섰다. 그녀는 평정심을 유지하며 예의를 차리려고 애썼다. 하지만 그가 만나자는 제안을 해 올 때마다 거절하기 위한 구실을 찾았고, 그러면 그는 다시 공격적으로 변했다. 어느 날 밤, 그녀는 함께 극장에 가자는 제안에 응했다. 그러고 나면 그의 집요함이 수그러들 거라고 생각했다. 그날 밤 카지노 극장에 온 손님이라고는 거의 그들 둘뿐이었다. 그녀는 그날의 일을 아주 잘 기억하고 있었기 때문에, 파리 세비녜 호텔 객실에서 그때를 떠올려보노라면 영화와 그 흑백의 색조는 안시, 역전 카페, 그리고 부아야발과 떼려야 뗄 수 없이 연결돼 있었다. 그녀는 컴컴한 어둠 속에서 그가 조만간 어깨를 감싸거나 손을 잡을 거라고 예상했고, 그러면 싫어도 응해줄 생각이었다. 이따금 그녀는 자신이 남들에게 받아들여지기 위해, 또 남들에게 반감을 사지 않기 위해 자신의 것을 양보할 준비를 하고 있는 건 아닌가 하는 강한 의혹이 들었다. 그랬다, 그녀는 자신이 얼마간의 유예기간을 벌 요량으로 협박꾼들에게 끊임없이 스스로를 내주어야 하는 불편한 상황에 처했다는 느낌을 자주 받았다.

하지만 남자는 영화가 상영되는 내내 그녀가 꺼릴 행동은 전혀 하지 않았다. 그는 좌석에 아주 똑바로 앉아 있었다. 그녀가 흘긋 보니, 그는 여자가 젊은 오케스트라 지휘자의 방으로 들어가 그를 쏘아 죽이는 순간 그 장면에 흠뻑 빠진 듯 몸을 앞으로 기울이는 것이었다. 순간 그녀는 몹시 거북해졌다. 부아야발이 권총을 들고 프레지당 파브르 가에 있는 그녀의 집으로 들어오는 모습이 퍼뜩 떠올랐다.

극장에서 나왔을 때 그는 집까지 바래다주겠다고 했다. 그는 그녀가 미처 발견하지 못했던 다정한 목소리와 수줍어하는 모습을 보였다. 두 사람이 나란히 걷는 동안 그는 그녀보다 조금도 앞서 나가지 않았다. 그리고 낮에 날을 하루 잡아 라 클뤼자에 가서 스키를 가르쳐주고 싶다는 말을 다시 꺼냈다. 그녀는 그가 다시 기분이 나빠질까 두려워 거절할 엄두가 나지 않았다. 그들은 르 파키에 산책로를 지나 빌라 슈미트*가 있는 지점에 다다랐다.

"남자친구 있어요?"

그녀는 남자가 그런 질문을 던질 줄은 미처 몰랐다. 그녀는 대답했다. 아니요. 그렇게 대답하는 게 더 신중한 처사이리라. 그녀의 머릿속에 질투에 빠진 여자가 권총 방아쇠를 당기던 영화 장면이 떠올랐다.

그때부터 아파트 앞에 도착할 때까지 남자는 점점 더 달뜨면서도 입은 열지 않았다. 그녀는 그가 집에까지 들어갈 생각이 있는 건지 궁금했다. 그렇다면 막지 않으리라 결심했다. 그녀는 스

* 독일 점령기에 게슈타포 본부가 차려졌던 건물로 현재는 존재하지 않는다.

스로에게 용기를 불어넣기 위해 기숙학교 시절 한 여학생이 해준, 그리고 그녀 자신도 종종 되새기던 조언을 거푸 떠올렸다. 물의를 일으키지 마. 그녀가 아파트 문 앞에서 걸음을 멈췄다.

"올라올래요?"

그녀는 고름을 터뜨려버리기로 마음먹었다. 자신을 집요하게 괴롭히는 이 남자가 어떻게 반응하는지 보고 싶었다. 그러면서도 자신의 존재 방식을 스스로 잘 납득하지 못했다. 아무튼 이렇게 하면 그녀의 입지가 결정되리라.

남자는 한 걸음 뒤로 물러났고, 그녀는 그의 눈빛이 만들어내는 표정을 보고 놀랐다. 이후 그가 그녀를 향해 눈을 들 때면 자주 포착하게 될, 그때마다 그에게 이유를 묻고 싶었던 원한 서린 표정.

"나한테 그런 말을 하고 부끄럽지도 않아?"

남자는 준엄한 어조로 이렇게 말했지만 그 목소리에서는 카스트라토 같은 묘한 쇳소리가 났다.

그녀의 왼쪽 뺨에 난데없이 따귀가 날아왔다. 기숙학교를 나온 후 처음 맞는 따귀였다. 그녀는 얼이 빠져 한동안 가만히 있었다. 그러곤 혹 피가 났나 싶어 반사적으로 손가락 하나를 입아귀로 가져갔다. 그리고 그의 앞에 마주섰는데, 방어 태세를 취하는 건 오히려 남자 쪽이라는 느낌이 들었다. 그녀는 차가운 말투로 그에게 말하는 자신의 목소리를 들었다.

"정말 싫어요? 신기하네…… 올라가기 무서워요? 그럼 왜 무서운지 나한테 말해봐요."

빛에 눈이 멀어버린 올빼미 한 마리. 남자는 뒷걸음질을 쳤다. 그녀는 끊겼다 이어졌다를 거듭하는 발걸음으로 길 저쪽으로 멀어지는 남자를 바라보았다. 그의 모습은 결국 종마사육장의 어두운 담벼락과 하나로 섞여버렸다. 이제 그는 증발하듯 사라져버리겠지. 그녀는 다시는 그의 소식을 들을 일이 없으리라 여겼다.

하지만 남자는 이틀 뒤 다시 나타났다. 그녀가 라 포스트 가 서점 책상에 앉아 있을 때였다. 저녁 여섯시였는데 날은 벌써 어두웠다. 그는 진열된 책들을 구경하는 사람처럼 서점 유리창 앞에 서 있었다. 그러면서 때때로 그녀를 흘긋거리며 슬쩍슬쩍 미소를 지었다. 남자가 서점 안으로 들어왔다.

"저번 일은 미안해요."

그녀는 아주 차분한 목소리로 대답했다.

"난 상관 안 해요."

그녀의 침착함에 그는 안심하는 것 같았다.

"그럼 날 원망하지 않는 거죠?"

"그래요."

"그럼 역전 카페에서 또 볼 수 있겠죠?"

"아마도요."

그녀가 다시 돈 계산 일에 집중하는 바람에 남자는 그녀의 주의를 끌지 못했다. 잠시 후 그녀는 그가 나가고 서점 문이 닫히는 소리를 들었다. 그후 그녀는 잠이 오지 않아도 남자를 만날까 두려워 역전 카페에 가지 않았다. 매일 저녁 여섯시가 가까워지면 그는 서점 유리창 너머에 나타났다. 거기서 그녀를 살폈다. 그녀는 태연하려 애썼다. 자신을 보호하기 위해 선글라스를 쓰면 유리창 너머로 보이는 부아야발의 얼굴이 희미해졌다. 꽤 마른 얼굴과 체격이었지만, 마르가레트에게는 처음 봤을 때보다 골격은 더 굵어지고 살은 더 무르고 희어진 듯 육중한 느낌을 주었다. 역전 카페에서 그와 함께 포커 노름을 하는 이들도 그녀와 같은 인상을 받았는지 그를 '매머드'라 불렀다. 향수 가게에서 일하는 아가씨 로지가 그에게 다른 별명도 있다며 일러주었는데, '한 방'이라는 별명을 듣고도 그녀는 그게 무슨 뜻인지 이해하지 못했다.

파리로 와서 호텔방에 있다보니 그 모든 일이 머나멀게 느껴졌다…… 그렇더라도 한밤중에 소스라치듯 잠에서 깰 때면 그 생각이 떠오르지 않을 수 없었다. 어느 날 그녀는 로지와 함께 '라 타베른' 근처, 건물들이 커다란 블록을 이루며 만든 아케이드를 걷고 있었다. 그녀는 슬며시 속내를 열어 보이며, 어떻게 해야 그 남자에게서 벗어날 수 있겠느냐고 물었다. 그러자 로지는 "네가 면역력이 없으니까 너를 해코지하는 거야. 꼭 세균처럼" 하고 말했다. 그렇다, 그녀는 외부 공격에 대단히 취약한 면모를 보이곤 했다. 그건 보호 요청차 경찰서를 찾았을 때도 분명히 드러났다. 그들은 그녀를 그냥 무시해치웠다. 만일 그녀가 지역 사업가나 공증인의 딸이었더라면 그와 같은 태도를 보이지 않았을 것이다. 하지만 그녀는 가족이라곤 없었고, 그런 그녀를 그들은 그녀가 읽었던 어떤 소설 제목처럼 근본 없는 여자 보듯 바라보았다. 형사는 기한 만료된 그녀의 여권을 살피면서 베를린에서 태어났으면 부모는 어디에 있느냐고 물었다. 그녀는 거짓말을 했다. 광산 기술자인 아버지는 새엄마와 함께 파리에 살면서 외국을 자주 오간다고, 그리고 그녀 자신은 톤에 있는 생조제프 수녀원과 라 로슈 쉬르 포롱에 있는 기숙학교에서 좋은 교육을 받았노라고. 하지만 상대는 그 사실에 별로 관심이 없는 것 같았다. 그녀에게는 오히려 다행한 일이었다. 그 이야기를 자세히 파고들었더라면 더 난감해졌을 테니까. 형사는 이기죽거리는 미소를 지으며 남자가 그녀를 괴롭힐 생각이 없는 게 분명하니 고소할 생각을 접으라고 했다. 남자는 그저 구애를 하는 것뿐이라면서. 잘 아시잖아요, 형사가 대화를 접고자 운을 뗐다. 이게 뭐 죽고 사는 문제도 아니고요……

그렇고말고요. 만일 형사가 그 문제를 세세히 파고들었더라면 그녀 또한 곤란했을 터…… 전날 그녀는 실로 오랜만에 편지 한 통을 받고 그것을 머리맡 탁자 위에 두었다. 그녀는 봉투에 다음과 같이 쓰인 걸 보고 거의 놀라운 기분이 들었다.

마르가레트 르 코즈 귀하
세비녜 호텔
벨루아 가 6번지
파리 16구

편지 상단에는 스튜어트 직업소개소에 관한 정보가 인쇄돼 있었다. 타자기로 친 몇 줄의 편지였다.

르 코즈 씨께

지난 목요일에 뵈었을 때 요청한 것을 다시 한번 일러드리고자 연락드립니다. 귀하의 전 고용주 바게리안 씨가 작성한 신원 보증서를 보내주십시오. 그리고 귀하의 구직용 등록카드를 다시 살펴본바 저희 고객들에게 소개하기에는 다소 정보가 부족하니 간략한 이력서를 보내주셨으면 합니다.

이만 줄입니다.

J. 투생

그녀가 살아온 인생…… 호텔방에서 잠 못 이루는 밤이면 짧은 일화들이 뇌리에 다시 떠올랐고, 그럴 때면 야간열차를 타고 여행을 떠나온 것 같았다. 객차의 흔들림과 그녀 인생의 리듬이 한데 어울렸다. 그녀는 찻간 유리창에 이마를 기댔다. 어둠, 열차가 달리면서 드문드문 나타나던 어떤 역들의 텅 빈 플랫폼들, 어디를 지나는지 일러주던 표지판 위 도시 이름, 터널의 암흑…… 베를린. 그녀에게 베를린에 대한 기억은 거의 없었다. 그녀는 다른 아이들과 함께 잔해 더미 위에 올라가 있고 앞쪽에 파괴된 건물들이 보인다. 아이들은 휙휙 연이어 날아가 저 먼 곳에 착륙하는 비행기의 행렬을 바라본다. 독일어로 꿈을 꿀 때면 베를린 란트베어 운하를 소재 삼은 노래가 들리고 그녀는 그 노래가 무섭다…… 그녀는 오랫동안 낡은 책 한 권을 간직했다. 전시에 출간된 『바람과 함께 사라지다』였다. 책 속에서 그녀는 책갈피로 사용된 쪽지 한 장을 발견했다. 엔진 제조 회사인 아르구스 모토렌의 공장 정보가 상단에 인쇄된 쪽지였다. 그라프 뢰더른 가, 베를린 라이니켄도르프. 그녀의 어머니 이름도 거기에 적혀 있었다. 르 코즈 주느비에브, 브레스트 출생. 국적 프랑스. 그녀는 어머니가 남긴 유일한 기념물인 쪽지를 지금껏 가지고 있었다. 우리는 무척 아끼던 물건을 며칠 사이에 잃어버리는 일이 있다. 네잎 클로버, 연서, 곰 인형…… 반면 다른 어떤 물건들은 우리 의향 따위는 아랑곳하지 않고 몇 해고 끈덕지게 우리를 따라다닌다. 이젠 정말로 벗어났구나 생각하는 순간 서랍 저 깊숙한 구석에서 다시 나타난다. 쪽지를 스튜어트 직업소개소의 J. 투생이라는 사람에게 보내야 할지도 모르겠다. 그것이라면 그의 고객들의 관심을 끌 수 있지 않을까.

그리고 베를린을 떠나 프랑스로 들어와 리옹으로 갔다. 아직 철없는 나이였지만, 역이란 역은 물론이고 시골 한복판에서도 몇 시간씩 멈춰 서던 밤기차를 기억한다. 그 기차에 어머니가 함께 있었는지, 아니면 그녀 혼자였는지는 이제 기억나지 않는다. 리옹에서 살 때 그녀의 어머니는 남의 집 일을 했다. 그녀의 어머니 역시 스튜어트 직업소개소와 유사한 곳에 가서 구직 등록을 했었는지도 모른다. 생 바르텔레미 언덕길에 있던 기숙학교. 오늘날까지도 그 시절이 꿈에 보이는데, 그 꿈속에서 그녀는 한밤중에 길을 걷고 있다. 경로는 테로 광장에서 손 강을 따라 생 뱅상 강변로까지 이르는 늘 똑같은 길이다. 저멀리서 누군가 그녀를 따라오는 건 알겠는데 안개 때문에 누구인지 분간할 수 없다. 한 번도 본 적 없는 그녀의 아버지일까? 그녀는 다리를 건너 생 폴 광장으로 접어든다. 밝게 불이 들어온 역의 대형시계에서 눈을 떼지 않는다. 플랫폼에서 누군가를, 독일에서 들어오는 열차를 기다린다. 그녀의 어머니는 크루아 루스 언덕길에 가게가 있는 자동차 정비사와 결혼을 하는데, 그녀는 그가 싫다. 그리고 톤과 라 로슈 쉬르 포롱에 있던 기숙학교. 그녀는 어머니와의 사이에 놓인 다리를 완전히 끊는다. 안시로 가 보석과 시계를 만드는 회사인 '주콜로'에서 첫 직장을 얻고, 여름에는 체육관 구내식당에서 일한다. 찻집인 '피델 베르제'에서 여급으로 일하고 라포스트 가의 서점에서도 일한다. 앙글르테르 호텔에서는 그녀에게 일자리를 주지 않는다. 그녀는 로잔에 사는 미셸 바게리안이라는 남자의 두 아이를 돌보는 보모 자리를 얻는다.

한 젊은 여자가 유모차를 밀며 보스망스 앞을 걸어가는데 뒷모습이 마르가레트와 똑같다. 옛 베르시 와인창고 부지에 들어선 이 공원이 그는 낯설다. 이제는 더이상 나루터라 불리지 않는 센 강 저쪽 강변에는 높은 건물들이 들어섰다. 그는 그 건물들을 처음 봤다. 그가 어릴 적 눈에 익던 파리와는 다른 파리였고 그는 새로운 거리들을 탐험하고 싶었다. 앞서가는 여자는 정말로 마르가레트를 닮았다. 보스망스는 거리를 일정하게 유지하면서 여자의 뒤를 따랐다. 그녀가 한 손으로 미는 유모차는 비어 있었다. 여자에게서 눈을 떼지 않은 채 공원을 가로질러가다가, 끝내 그는 그 여자가 바로 마르가레트라고 확신했다. 바로 전날 그는 『시간의 통로』라는 공상과학소설을 읽었다. 소설 속에서 사람들은 젊었을 때 친구로 지낸다. 그런데 그들 중 일부는 늙지 않아, 사십 년이 지난 뒤 다른 사람들과 마주쳐도 그들을 알아보지 못한다. 게다가 그들 사이에는 어떤 접촉도 있을 수 없다. 그들은 자주 나란히 길을 가지만 각자 다른 시간의 통로를 걷는다. 서로 말을 하고 싶어도 마치 수족관 유리로 가로막힌 것처럼 상대의 말이 들리지 않는다. 보스망스는 걸음을 멈추고 여자가 센 강 방향으로 멀어지는 것을 지켜보았다. 내가 저 여자를 쫓아간들 무슨 소용인가. 그녀는 나를 알아보지도 못할 것이다. 하지만 어느 날 기적이 일어난다면 우리는 같은 시간의 통로를 지날 것이다. 그러면 이 신시가지에서 우리 둘은 모든 걸 새롭게 시작할 것이다.

보스망스는 베르시 가를 따라 걸었다. 전날 그는 인터넷 카페에 들렀다. '부아야발'이라는 이름, 잊고 있었던—혹은 후손이 끊겨 수백 년 동안 사라졌다가 어느 날 한 인적사항에 덜컥 다시 등장하는 옛 영국 귀족 가문의 이름처럼 '휴면'에 들어갔던—그 이름이 과거의 심연에서 다시 떠오른 터였다. 사십 년을 낙하한 끝에 그의 앞에 쿵 하고 떨어진 운석 하나. 그는 키보드로 '파주 블랑슈'*를, 이어서 '부아야발'을 입력했다. 프랑스를 통틀어 파리에 딱 한 명의 부아야발이 떴다. 부아야발 알랭. 베

* Pages blanches. 개인 연락처를 찾아볼 수 있는 인터넷 검색 서비스.

르시 가 49번지 부동산 중개 사무소.

진열창에는 매물로 나온 아파트 사진들을 가격과 함께 게시한 광고판이 붙어 있었다. 보스망스는 문을 열고 들어갔다. 사무실 안쪽에 한 남자가 철제 책상을 앞에 두고 앉아 있었다. 진열창과 가까운 사무실 오른쪽에서는 한 젊은 여자가 서류들을 책장에 정리해넣고 있었다.

"부아야발 씨?"

"접니다."

보스망스는 움직이지 못하고 책상 앞에 가만히 서 있었다. 무슨 말을 해야 할지 몰랐다. 남자가 그를 향해 고개를 들었다. 남자는 백발을 기름한 스포츠머리로 깎았고 눈은 잿빛이었다. 입은 양복도 눈과 똑같은 잿빛이었다. 마른 얼굴. 툭 불거진 광대뼈.

"어떻게 오셨는지요?"

남자의 목소리는 상냥하고 미소는 정중했다.

"아파트를 찾습니다." 보스망스가 대답했다. "되도록 이 구역에 있는 것으로요."

"저는 이 구역 아파트만 취급합니다. 13구 국립도서관 주변하고요."

"좋은 전략이네요." 보스망스가 말했다. "새로 생긴 동네들이니까요."

"전 새로운 곳에서 일하는 걸 좋아합니다."

남자는 대답하며 보스망스에게 맞은편 안락의자를 권했다.

"예산은 어떻게 잡으십니까?"

"돈은 크게 상관없습니다." 보스망스가 말했다.

주제의 핵심으로 어떻게 들어가지? 그런데 무슨 주제? 바보 같은 짓이다. 이 남자는 다른 부아야발이다. 여직원이 파일을 열고 남자 앞에 내려놓자 남자는 서류 몇 장에 사인을 했고, 여직원은 다시 파일을 집어 책장에 정리해넣었다.

"예전에 부아야발이라는 사람을 알았던 것 같은데요." 보스망스가 감정을 숨긴 억양 없는 목소리로 말을 꺼냈다.

"아, 그러세요?"

보스망스는 자신을 응시하는 남자의 잿빛 두 눈에 스쳐지나가는 근심의 그늘을 본 것 같았다.

"아주 오래전 안시에서였는데……"

과거의 유령 같은 그 남자에 관해 마르가레트가 알려준 몇 안 되는 정보 가운데 하나였다. 그녀는 그 남자를 안시에서 알았다고 했다.

남자가 손목시계를 들여다보더니 파일을 정리하는 여자 쪽으로 흘긋 눈길을 던졌다. 그는 불안해 보였다. 안시, 그 한마디 때문이었을까?

"요 옆에 가서 뭐라도 한잔하는 건 어떻습니까? 손님이 오시면 곧잘 그리로 가서 이야기를 나누거든요. 찾으시는 집도 명확하게 설명 좀 해주시고……"

길로 나갔을 때 보스망스는 남자가 다리를 조금 저는 걸 보았다. 남자의 몸가짐은 아주 곧았다. 그 꼿꼿함, 기름한 백발의 스포츠머리, 그리고 훌쭉한 얼굴을 보면 퇴역 군인 같기도 했다.

두 사람은 햇볕 드는 카페 테라스에 자리를 잡았다. 손님은 그 둘뿐이었다. 길 저편에는 베르시 공원이 드넓게 펼쳐져 있었다. 조금 전 마르가레트의 판박이—아니, 아마도 다른 삶 속의 그녀—가 빈 유모차를 끌고 가던 곳.

"저는 박하차요. 뭘 드시겠습니까?"

"같은 걸로 하죠." 보스망스가 대답했다.

"대략 어느 정도 넓이의 아파트를 찾으십니까?"

"아…… 그냥 원룸이면 됩니다."

"원룸이라면 이 부근과 강 건너편에 매물이 아주 많습니다."

그러면서 남자는 팔을 뻗어 보스망스가 조금 전 처음 본 베르시 공원 저쪽 강변의 고층 건물들을 가리켰다.

"새로 생긴 거리들이죠?" 보스망스가 물었다.

"네, 기껏해야 오 년 됐지요. 저도 저쪽에 삽니다. 매일 아침 다리 하나만 건너 사무실까지 출근해요. 사실 파리 구시가지는 이제 갈 일이 없어요."

"그러면 안시 구시가지는요?" 보스망스가 물었다.

그는 남자에게서 흠칫하는 가벼운 움직임을 포착했다. 그래도 상체는 여전히 꼿꼿했다.

"아, 네…… 아까 말씀하셨죠, 안시에 살던 부아야발을 아셨다고……"

남자는 다소 부자연스러운 미소를 지어 보였다.

"손님께선 안시에서 사셨습니까?"

"아뇨, 그런 건 아닌데 거기 살던 친구들이 부아야발이라는 사람 이야기를 했어요."

"그렇다면 먼 옛날로 거슬러올라가는 이야기로군요."

남자의 미소가 돌연 훨씬 더 솔직하고 친근한 빛을 띠었다.

"적어도 사십 년은 됐지요." 보스망스가 말했다.

침묵. 남자는 중요한 선언을 하기 위해 말을 고르는 사람처럼 고개를 숙이고 있었다. 그러더니 갑자기 고개를 들어 잿빛 눈으로 보스망스를 바라보았다.

"친구분들에게 무슨 이야기를 들으셨는지는 모르겠습니다만…… 저는 기억을 거의 못합니다."

"별 얘기는 없었어요." 보스망스가 말했다. "그 부아야발이라는 사람이 스키 국가대표가 될 뻔했다는 정도였죠."

"그렇다면 같은 사람이 분명하군요."

보스망스는 남자의 잠긴 목소리, 서글픈 미소, 털썩 주저앉는 듯한 표정에 놀랐다. 남자의 광대뼈 부위의 얽은 피부가 눈에 들어왔다. 마치 그제야 자외선과 적외선의 도움을 받아 새삼 그 얼굴을 찬찬히 들여다볼 수 있게 된 것처럼. 남자는 태연을 가장하려는 듯 박하차를 한 모금 마시더니 입을 뗐다.

"아니지요, 제가 틀린 말을 했습니다. 이제는 전혀 같은 사람이 아닌데……"

남자의 얼굴에서 구김살이 사라지고 혈색이 다시 돌았다. 보스망스는 그 변화가 놀라웠다. 자신의 시각이 자외선과 적외선의 도움을 받지 못하고 있는 건 아닌가 하는 생각이 들었다. 남자는 할말을 찾는 것 같았다.

"손님 말씀처럼 벌써 사십 년이 지난 일이다보니……"

남자는 어깨를 으쓱했다.

"그런데 안시에 사셨다는 친구분들이 누구십니까?"

"여자 한 명이에요. 이름은 마르가레트 르 코즈였고요." 보스망스는 그 이름을 한 음절 한 음절 똑똑 끊어가며 대답했다.

"마르가레트 르 코즈라고 하셨습니까?"

남자가 기억을 더듬는 것 같았다. 그의 미간이 찌푸려졌다. 시선은 다른 곳에 가 있었다.

"지금 살아 있나요?"

"저도 모릅니다." 보스망스가 대답했다.

"마르가레트 르 코즈라는 사람은 기억이 안 납니다." 남자가 다시 잠긴 목소리로 말했다.

그리고 다시 한번 그의 표정이 털썩 주저앉는 듯하더니 광대뼈 부위의 얽은 피부가 도드라졌다.

"그게 말이죠 손님, 이 동네하고 조금 비슷한 겁니다." 남자의 목소리에 담긴 슬픔에 보스망스는 마음이 휘청했다. "전에 여기 있던 와인창고와 베르시 부두를 보셨는지 모르겠습니다만…… 플라타너스가 무성하게 터널을 이루고 강둑에는 술통이 열을 짓고 있었는데…… 지금 와서는 그런 게 정말로 있었나 싶은 생각이 드는 거죠."

남자는 박하차를 한 잔 더 시켰다.

"같은 걸로 하시겠습니까?"

"네."

남자는 보스망스 쪽으로 몸을 숙이고 말했다.

"사무실로 다시 들어가서, 나와 있는 원룸을 몇 군데 알려드리겠습니다. 아주 넓고 환한 물건들이에요."

남자는 왼손을 쫙 펴 탁자 위에 올렸다. 그리고 오른손으로 찻잔 받침에 놓인 찻숟가락을 집어들더니 벌린 손가락 사이를 순가락 자루로 톡톡 쳤다. 보스망스는 남자의 손등과 중지와 약지에 줄이어 난 상처들에서 눈길을 뗄 수가 없었다. 그 손은 예전에 여러 번 칼에 찔려 자상을 입은 손 같았다.

거의 그 무렵—같은 철이었다. 며칠 동안 7월만큼이나 더웠던 이른 봄—보스망스는 그가 '과거의 유령'이라 부르는 존재의 출현을 다시 한번 목격했다. 적어도 그렇게 믿었다. 아니, 거의 확신했다.

그날 저녁 그가 간 동네는 부아야발의 부동산 중개 사무소가 있는 동네와 느낌이 그다지 다르지 않았다. 그래도 그는 베르시 공원과 센 강 건너 국립도서관 주변의 고층 건물과 번쩍번쩍한 아파트들이 더 좋았다. 그곳에서는 마르가레트를 닮은 여자—아니다, 그건 그가 알던 옛 모습 그대로의 마르가레트였다—가 새로 생긴 거리에서 새로운 삶을 살고 있다. 어느 날엔가, 보이지 않는 시간의 경계를 넘을 수만 있다면 그도 그녀를 만날 기회를 얻을 것이다.

그는 일전에 타자—그런데 낡은 기계의 반복적 소음을 연상케 하는 이 말을 요즘도 사용하고 있을까?—를 칠 원고 백여 장을 재택근무하는 비서에게 넘겨주었다. 준비 다 됐어요, 그날 그녀가 연락을 해왔다. 저녁 여덟시쯤 생 클루 문門 근처에 있는 자기 집에 들르면 된다고.

그는 지하철을 탔다. 매주 수기한 원고를 시몬 코르디에에게 가져다주던 시절에도 그랬다. 그녀는 찾아갈 때마다 딱 세 장씩만 타자를 쳐놓았다. 가구도 없는 아파트에서 그녀는 그 수수께끼 같은 타자기를 대체 어디에 두었을까? 홈바 위에? 그렇다면 그녀는 서서 일했을까, 아니면 높은 의자를 놓고 앉았을까? 이후 그가 스무 권이 넘는 책을 쓰는 동안 세상에는 몇 가지 기술의 진보가 있었다. 잠시 후 비서는 그에게 USB를 건넬 것이고, 그는 시몬 코르디에 때와는 달리 줄이 그어진 O자나 트레마나 세디유가 없는 매끈한 원고를 손에 넣을 것이다. 하지만 무엇이 진정 변했을까? 그때도 지금도 같은 말, 같은 책, 같은 지하철역인 것을.

그는 포르트 드 생 클루 역에서 내렸다. 그래, 역시 그는 파리 동쪽의 신시가지가, 거기라면 제2의 삶을 시작할 수 있을 거라는 환상을 주는 그 중성의 땅이 더 좋았다. 그곳과는 달리 이곳 생 클루 문 광장에 있는 붉은 벽돌 성당은 그를 과거로 이끌며 불행한 일화를 상기시켰다. 열두 살의 그가 4CV 자동차 뒷좌석에 앉았고 앞자리에는 그의 어머니, 운전석에는 환속 신부가 있었다. 그는 빨간불이 켜졌을 때를 틈타 자동차에서 뛰쳐나와 성당까지 냅다 달린 뒤, 길로 나가면 두 사람이 그를 찾아낼까 두려워 오후 내내 그곳에 몸을 숨겼다. 그의 첫번째 가출이었다.

지하철에서 나와 웃옷 안주머니를 뒤적이던 그는 비서의 이름과 주소와 전화번호가 적힌 종이쪽지를 잃어버렸다는 걸 알았다. 비서의 이름은 클레망이었다. 집이 위치한 도로 이름도 기억났다. 도드 들 라 브뤼느리. 모르는 길이었다. 그는 행인에게 가는 길을 물었다. 쭉 가서 광장 저편, 불로뉴 들어가기 바로 전이라고 했다.

그는 중규모의 건물들이 늘어선 짧은 길을 기대했다. 그리고 건물들 출입구에 비밀번호가 걸려 있지 않기를 바랐다. 그러면 건물마다 입주자들의 이름을 확인하며 클레망을 찾을 수 있으리라 생각했다. 하지만 그 길의 아파트들은 그가 부아야발의 사무소에 들렀던 날 처음 본, 옛 베르시 부두 대지에 들어선 건물들과 크기가 엇비슷했다. 새로 지은 커다란 아파트들. 짝수 번지수 일곱이 다였다. 2번지, 6번지, 10번지, 12번지, 16번지, 20번지, 26번지. 보스망스는 눈을 들어 하늘을 바라보며 그 각각의 숫자가 오십여 명의 사람들을 품고 있겠다는 생각을 했다. 이름들이 그의 눈앞에 줄을 지었다. 자클린 주아이외즈. 마리 페루칸. 브레노스. 앙드레 코카르. 알베르 자그둔. 팔베. 젤라티. 뤼시엔 알

라르. 하지만 그 많은 이름 중에 클레망은 없었다. 머리가 어질했다. 그 이름들은 그에게 하나하나 구분할 시간도 채 허락지 않고 쉼 없이 질주하는 경주마들이었다. 킹 오브 하트. 키네트. 블루 앤드 레드. 머큐리 보이. 요부. 금지옥엽. 불안감, 그리고 텅 빈 공허감이 그를 덮쳤다. 이 수천의 이름과 수천의 말들 속에서 그는 클레망을 찾지 못할 것이다. 한시라도 빨리 그 거리를 떠나고 싶은 마음뿐이었다. 그가 딛고 선 땅이 푹 꺼져들어갔다. 지난 사십 년 동안 기둥들을 떠받치기 위해 기울인 그 많은 힘이 무슨 소용이었나? 그것들은 다 썩어버렸는데.

광장을 가로지르는데 현기증이 밀려왔다. 그는 저쪽에 보이는, 유년의 어느 오후에 그가 붉은 머리 여자—이른바 그의 어머니—와 가짜 투우사를 피해 숨어들었던 성당의 이름을 혼잣말로 여러 번 소리 높여 불렀다. 생트 잔 드 샹탈.

그는 한 카페로 들어가 제일 앞에 놓인 테이블의 기다란 붉은 가죽 의자에 자리잡았다. 병째로 술을 마시는 자신의 모습을 그려보았다. 그렇게 마시면 취기가 돌면서 마음의 평화가 찾아올 텐데. 그런 생각을 하니 긴 의자에 홀로 앉아서도 웃음이 새나왔다. 종업원이 왔을 때, 그는 어눌한 목소리로 말했다.

"우유 한 잔 주세요."

그는 규칙적으로 숨을 쉬려 애썼다. 생트 잔 드 샹탈. 이제 좀 나아졌다. 정신이 들었다. 그는 방금 전의 불안에 대해서 누군가와 이야기를 나누며 함께 웃고 싶었다. 아, 이게 무슨 일이람, 이 나이에…… 도드 들 라 브뤼느리 대로가 무슨 아마존 열대림도 아니건만. 이제야말로 마음이 완전히 놓였다.

마음이 놓이다못해 가벼운 무감각 상태에 빠진 느낌이 들었다. 그는 날이 어두워질 때까지 그곳에 앉아 있기로 했다. 그에겐 이제 겁날 것이 하나도 없다. 그의 어머니와 환속 신부가 4CV를 타고 썰렁한 유령의 행렬을 이끌며 그의 행방을 찾아 거리를 뒤지지 않게 된 지도 어언 반세기에 이른다.

그는 이웃 테이블에 자리한 몇 안 되는 손님들의 대화를 무심히 들었다. 밤 아홉시가 가까워졌다. 나이 지긋한 한 여자가 들어오는 것이 보였다. 백발을 단발로 자른 여자는 몸을 꼿꼿이 세우고 한 젊은 여자의 팔에 의지해 걸었다. 옷은 검정 바지에 베이지색 트렌치코트 차림이었다. 젊은 여자는 그녀가 안쪽 테이블 자리에 앉는 것을 도운 뒤 자신도 그 옆 긴 의자에 자리잡았다. 여자는 트렌치코트를 벗지 않았다.

보스망스는 처음엔 다른 손님들을 쳐다본 것처럼 그녀를 쳐다보았다. 시선을 오래 끌지 않고 사람 얼굴에서 유리창 밖 행인으로, 그리고 저 광장 너머 생트 잔 드 샹탈 성당으로 빠르게 움직이면서. 젊은 여자가 백발의 여자에게 다이어리를 내밀자 그녀는 왼손으로 거기에 몇 마디 적어넣었다. 왼손잡이들이 글을 쓸 때 해 보이는, 주먹을 꽉 쥔 듯한 특유의 손동작이 그는 볼 때마다 신기했다. 그것이 그에게 어렴풋한 기억을 일깨웠을까? 여자의 얼굴에 시선을 고정하다 어느 순간, 그토록 오랜 세월이 흘렀음에도 그녀가 누군지 알 것 같았다. 이본 고셰. 어느 날 오후 마르가레트와 함께 그녀의 집에 갔을 때, 그녀가 왼손으로 글씨를 쓰는 것을 보고 그는 이렇게 말했었다. "성함하고 딱 어울리시네요."*

그로부터 수십 년의 세월이 흘렀다…… 이본 고셰가 여태, 그것도 그로부터 불과 몇 미터 떨어진 곳에 살아 있다는 사실, 하려고만 들면 자리에서 일어나 다가가서 말을 걸 수 있다는 사실—그런데 과거에 그가 그녀를 이름으로 불렀는지 성으로 불렀는지 기억나지 않았다—은 그에게 기묘한 감정을 불러일으켰다. 그는 그녀를 향해 걸어갈 수 없었다. 아무래도 그녀는 나를 알아보지 못할 것이다. 내가 내 이름과 마르가레트의 이름을 말한들 그녀는 아무것도 떠올리지 못할 것이다. 아주 어릴 적의 어떤 만남들에 대해 우리는 꽤 생생한 기억을 간직한다. 그 나이에는 모든 것이 놀랍고 새로우니까. 하지만 우리가 마주쳤던 남녀들 가

* 고셰gaucher에는 '왼손잡이'라는 뜻이 있다.

운데 그때 이미 인생의 태반을 살아왔던 사람들에게는 그만큼 정확한 기억을 요구할 수 없다. 분명 그녀에게 우리는, 마르가레트와 나는, 그녀가 아주 잠깐 곁에 두었던 수많은 사람들 중 일부였을 뿐이리라. 그런데 그 시절 그녀는 과연 우리의 성과 이름을 알고 있었을까?

그녀는 이따금 젊은 여자를 향해서 몸을 돌렸는데, 그런 때에도 보스망스가 그녀의 걸음걸이에서 눈여겨보았던 것처럼 자세가 꼿꼿했다. 조금 전 그녀는 젊은 여자의 팔을 붙잡고 여자에게 기대 있었다. 걸음은 아주 느렸고 젊은 여자의 도움을 받아 의자에 앉았다. 눈이 멀었나보다, 하고 보스망스는 생각했다. 아니다, 그녀는 메뉴판을 읽고 있다. 그저 노환이리라.

조금 아까 그처럼 거북한 기분이 들지 않았더라면 그녀가 나를 알아보지 못할 위험을 무릅쓰고서라도 용기를 내서 저 자리로 가 말을 걸어볼 텐데. 어쩌면 그녀는 도드 들 라 브뤼느리 대로의 그 커다란 아파트에 들어찬 수백하고도 또 수백 명의 사람들 사이에 섞여 살고 있는지도 모른다. 이본 고셰. 클레망. 사람들의 주의를 끌지 않는 이름들이다. 중성적이라서 그 이름을 지닌 사람들을 서서히 익명의 존재로 만드는 이름들.

보스망스는 이본 고셰의 얼굴에서 눈을 뗄 수 없었다. 그러다 그녀의 시선을 끌까봐 걱정도 됐다. 그녀는 젊은 여자와 얘기를 나누고 있었는데 그중 몇 마디가, 특히 젊은 여자의 아주 맑은 목소리가 보스망스에게까지 들려왔다. 젊은 여자는 이본 고셰에게 깍듯하게 존댓말을 썼다. "트렌치코트는 입고 계시겠어요?" 이본 고셰는 그렇다는 대답으로 고개를 끄덕였다. 그녀의 얼굴은 젊었을 적 햇볕에 너무 많이 노출된 얼굴처럼 무수한 주름으로 덮여 있었다. 보스망스는 부아야발과 그의 광대뼈 부위의 얽은 피부를 떠올렸다. 그런데 또 달라진다. 주름들이 걷히면서 우리가, 마르가레트와 내가 알고 지낸 그 여자의 매끈한 얼굴이 보인다.

다만 젊은 여자가 묻는 질문에 짤막하게 답할 때 간간이 들려오는 그녀 목소리가 당황스러웠다. 쉰 목소리. 시간 속에서 마모된 후 아주 멀리서 들려오는 목소리. 보스망스는 그 말들 중에서 하나의 완전한 문장을 포착했다. "열시쯤에는 들어가 있어야 해." 그녀는 정확한 시간표를 따라야 하는 양로원에 기거하는지도 모른다.

종업원이 그녀 앞에 석류 주스와 사과 타르트를 내려놓았다. 젊은 여자는 콜라를 시켰다. 두 사람은 나직한 목소리로 몇 마디를 주고받았다. 그러곤 젊은 여자가 다시 이본 고셰에게 다이어리를 내밀었고 그녀는 약속 날짜를 찾는 듯 종잇장을 넘겼다. 트렌치코트 깃이 서 있어, 그녀는 꼭 역 대합실에서 열차 시간표를 들여다보는 사람처럼 보였다.

"열시쯤에는 들어가 있어야 해." 보스망스는 이 문장이 그의 기억 속에 남으리라는 걸, 그리고 떠올릴 때마다 옆구리가 쿡쿡 쑤시는 듯한 괴로운 통증을 일으키리라는 걸 알았다. 그는 영원히 그 말의 의미를 알 수 없을 것이고 그 사실이 그에게 회한을 일으킬 것이다. 하다가 끊어진 어떤 말처럼, 하릴없이 떠나보낸 어떤 사람들처럼. 이건 어리석은 짓이다. 그저 한 걸음만 내디디면 되는 것을. 그녀에게 말을 걸어야 한다. 그녀를 처음 만난 자리에서 그와 마르가레트의 눈길을 사로잡았던 문패가 떠올랐다. 거기에는 이름이 둘 새겨져 있었다. 이본 고셰. 앙드레 푸트렐. 그 두 사람 때문에 마르가레트는 황급하게 파리를 떠나버렸고 보스망스는 대체 무슨 일이 일어난 건지 영영 알 수 없었다. 이후 그는 매일 신문을 사 소소한 사건을 다루는 지면에서 그 두 이름을 찾았다. 이본 고셰. 앙드레 푸트렐. 아무것도 없었다. 침묵. 무無. 그는 종종 마르가레트가 자기보다 더 많이 알고 있지 않았을까 생각하곤 했다. 처음 만난 날 이본 고셰가 그에게 이렇게 말한 것도 기억이 났다. "앙드레가 설명할 거예요." 하지만 앙드레는 아무 설명도 하지 않았다. 그럴 시간이 없었다. 그 일이 있고 몇 년이 흐른 어느 날, 그는 빅토르 위고 대로 194번지 앞을 지나게 되었다. 그 번지수는 이제 유리창이 훤하게 난 커다란 새 아파트의 차지였다. 이본 고셰. 앙드레 푸트렐. 그들은 존재한 적도 없는 것 같았다.

이본 고셰가 다이어리를 뒤적이자 젊은 여자가 그녀에게 나직한 목소리로 무슨 말인가 건넸다. 그래, 한 걸음만 내디디면 된다. 그녀에게 앙드레 푸트렐과 꼬맹이 페터의 근황을 물어보자. 꼬맹이 페터. 그들은 아이를 그렇게 불렀다. 마르가레트와 나는 그냥 페터라고 불렀다. 그녀는 이제야 자초지종을 모두 설명해 줄 것이다. 처음부터, '블뢰 가의 남녀들'에 얽힌 머나먼 옛날 이야기부터⋯⋯ 하지만 일어설 수가 없다. 몸이 쇳덩이처럼 무겁다. 나에게는 그만한 용기가 없다. 나는 일들을 애매모호하게 남겨두는 편을 더 좋아한다. 만일 마르가레트와 함께였다면 둘이 같이 이본 고셰의 자리로 다가갔을지도 모른다. 하지만 이렇게 혼자서는⋯⋯ 그런데 저 사람이 분명 그녀가 맞기는 한 걸까? 더 알려 하지 않는 편이 낫다. 적어도 의혹이 있는 한 아직 일종의 희망이, 먼 지평을 향한 탈주로가 남은 것이다. 세월이 아직 파괴의 작업을 다 마치지 않은 모양이니 만남은 또 있을 거라고 생각하자. 열시쯤에는 들어가 있어야 해.

젊은 여자는 빨대로 콜라를 마셨다. 이본 고셰는 타르트와 석류 주스를 내버려둔 채 앞을 가만히 응시하고 있었다. 보스망스는 예전의 그 눈빛, 만사를 무릅쓰고 삶을 믿는 사람의 주의깊고

순수한 표정을 다시 발견했다. 일순간 그 눈빛이 그에게서 멎었다. 하지만 그녀는 그를 알아보지 못하는 듯했다.

두 사람 가운데 먼저 만난 건 앙드레 푸트렐이었다. 보스망스는 구 사블리에 출판사의 서점에 마르가레트와 함께 있었다. 그는 그날의 날씨를 또렷하게 기억한다. 쌀쌀하고 맑고 햇볕 좋은 오후, 겨울중에 찾아오는 봄, 그가 특히 좋아하는 계절, 1월이나 2월에 불규칙한 간격을 두고 단 며칠만 찾아오는 그런 날. 몽수리 공원으로 함께 산책을 나가기로 한 터라, 보스망스는 서점 문 유리창에 뤼시앵 호른바허 시절부터 사용해온 안내판을 걸어둘 채비를 하고 있었다. '고객께서는 잠시 후 다시 찾아주시면 감사하겠습니다.' 그때 한 남자가 서점으로 들어왔다. 마흔 남짓한 금발의 남자로 바다색 외투를 걸치고 있었다.

"제가 오래전에 쓴 책 한 권을 찾습니다만."

남자는 서점을 찾는 통상의 손님들과 어딘가 다른 면모를 지녔다. 무엇 때문이었을까. 바다색 외투? 큰 키? 느른해 보이는 분위기? 아니면 가볍게 구불거리는 금발? 남자는 런던이나 베를린을 배경으로 하는 첩보영화에서 비밀요원 역할을 자주 맡던 영국 배우 마이클 케인을 닮았다. 그는 두 사람과 악수하며 자신을 소개했다.

"앙드레 푸트렐입니다."

그러곤 자조적인 미소를 지으며 덧붙여 말했다.

"보니까 그 책이 저희 집에 한 권도 남지 않았더라고요."

그는 우연찮게 그 동네에 왔다가 출판사와 서점이 여태 그대로 있는지 알고 싶었다고 했다. 그의 책은 뤼시앵 호른바허가 죽고 몇 해 뒤, 사블리에 출판사가 더디게 돌아가면서 한 해에 세 권 이내로 책을 내던 시절에 출간되었다.

앙드레 푸트렐은 보스망스를 따라 창고로 쓰이는 옛 차고로 들어갔고 두 사람은 찾던 책 두 권을 발견했다. 『아슈타르트테의 집회』. 얄팍한 책표지 색이 바랬지만 아직 아무도 펼쳐본 적이 없었는지 새 책 느낌이 났다.

그러고 나서 세 사람은 한담을 나눴다. 사블리에 출판사에 대해 묻는 앙드레 푸트렐에게 보스망스는 대답을 해주었다. 맞다, 그의 직업은 불안정했고 서점의 미래도 다르지 않았다. 손님이

단 한 명도 찾아오지 않고 오후가 다 지나가버리는 일도 잦았다. 그래도 그는 저 위층 뤼시앵 호른바허의 옛 사무실에서 경계 태세를 늦추지 않았다. 그런데 대체 언제까지?

앙드레 푸트렐이 마르가레트를 보며 말했다.

"그럼 이쪽 분도 서점에서 같이 일하시나요?"

그녀는 그 전주에 이유 한마디 듣지 못한 채 페른 부부에게 해고를 당했다. 스튜어트 직업소개소에서는 아무런 기별이 없었다.

"그러니까 보모 일을 하시는 건가요?"

앙드레 푸트렐에겐 아들이 하나 있었는데, 마침 낮 동안 그리고 그가 아내와 함께 외출을 하는 저녁에 아이를 돌봐줄 사람을 구하고 있다고 했다.

"혹 생각이 있으시면……"

"물론 있습니다." 마르가레트가 대답했다. 보스망스는 그 거침없는 대답에 놀랐다.

그는 '고객께서는 잠시 후 다시 찾아주시면 감사하겠습니다'라고 쓰인 안내판을 내걸었다. 세 사람은 같이 길을 걸어갔다. 레유 가와 가장 가가 만나는 모퉁이에 영국제 컨버터블 자동차가 세워져 있었다. 차문을 열기 전, 앙드레 푸트렐은 외투 주머니에서 귀퉁이가 접힌 명함을 한 장 꺼내 마르가레트에게 내밀었다.

“일을 하시려거든 전화 주십시오.”

그러더니 보스망스가 자신의 책 『아슈타르트테의 집회』의 남은 한 권을 손에 들고 있는 것을 보고 말했다.

“절대로 그걸 읽느라고 힘쓰지 마세요. 그 책은 젊은 치기에 저지른 실수랍니다.”

출발하기 전 그는 차창을 내리고 두 사람에게 손을 흔들어 인사했다. 자동차는 몽수리 공원 가장자리를 따라 멀어졌다.

“재미있는 사람이네.” 마르가레트가 말했다.

그녀는 받은 명함을 한 번 쓱 본 뒤 보스망스에게 넘겨주었다.

닥터 앙드레 푸트렐

빅토르 위고 대로 194번지

파리 16구

전화번호 TRO 32 49

“의사 선생이시네.” 마르가레트가 말했다.

마르가레트가 전화를 걸었을 때, 의사는 어느 날 늦은 오후로 약속 시간을 잡으면서 "두 사람이 같이" 와도 좋다고 말했다. 빅토르 위고 대로 194번지는 주변 건물보다 높이가 낮은, 일종의 도심 저택이었다. 입구에 붙은 문패가 이렇게 일러주었다. 닥터 앙드레 푸트렐 - 이본 고셰. 3층.

문을 열어준 사람은 이본 고셰였다. 두 사람은 나중에 그때 받은 인상을 얘기하면서, 그녀가 변호사였던 쉬잔 페른과는 많이 다르다는 것에 의견을 함께했다. 두 사람은 두 여자가 서로 맞붙는 장면을 상상해보았다. 말도 안 돼, 그 둘이 만난다는 건, 하고 보스망스는 생각했다.

갈색 머리에 밝은색 눈, 말총 모양으로 묶은 머리. 이본 고셰는 스웨이드 재킷에 허리와 무릎 부분이 몸에 꼭 붙는 검정 치마를 입고 있었다. 그리고 담배 한 개비를 손에 쥐고 있었다. 보스망스와 마르가레트는 굳이 자기소개할 필요가 없었다. 이본 고셰는 마치 두 사람을 오래전부터 알아왔고 바로 전날에도 만난 사람처럼 굴었다.

"앙드레는 환자를 보는 중이라…… 하지만 오래 걸리지는 않을 거예요."

그녀는 복도를 지나 '앙드레'와 그녀가 쓰는 침실인 것으로 보이는 방으로 두 사람을 인도했다. 하얀 벽. 대단히 크고 낮은 침대 하나. 다른 가구는 하나도 없었다. 그녀는 두 사람을 침대 발치에 앉혔다.

"미안해요, 그래도 여기가 더 조용해서……"

침대 머리맡 탁자에 놓인 책이 보스망스의 눈에 들어왔는데, 바랜 표지 때문에 금방 알아볼 수 있었다. 『아슈타르트테의 집회』. 이본 고셰가 그의 눈길을 포착했다.

"고맙게도 그이에게 그 책을 주셨다죠." 그녀가 보스망스에게 말했다. "앙드레가 많이 기뻐했어요."

보스망스는 어색한 침묵을 깨고 싶어 미소를 지으며 운을 뗐다.

"선생님께서는 젊은 날의 실수 같은 책이라고 하시던데……"

이본 고셰는 당황하는 것 같았다.

"아…… 우리 삶의 한때가 온통 그랬죠. 우리가 참 무모했거든요…… 아무튼 앙드레가 설명할 거예요."

그러더니 재떨이가 놓인 침대 반대편 탁자 쪽으로 자리를 옮겼다. 그녀는 담뱃불을 끄고 마르가레트에게 말했다.

"곧 만나겠지만 꼬맹이 페터는 아주 착한 아이예요."

"분명히 그럴 거예요." 마르가레트가 대답했다.

"아이들하고는 친숙한가요?" 이본 고셰가 물었다.

"저희는 아이들을 아주 좋아합니다." 보스망스가 말했다.

그는 이 말을 조금 뒤 앙드레 푸트렐 앞에서도 한번 더 했다. 마르가레트와 이본 고셰와 보스망스는 진료실로 쓰이는, 벽에 패널을 두른 너른 방으로 들어갔다. 의사는 몸통 옆쪽에서 단추를 채우는 흰 가운을 입고 있었다. 보스망스는 그가 외과의일지도 모른다고 생각했다. 하지만 정확하게 어떤 과를 전문으로 하느냐는 질문을 할 엄두는 나지 않았다.

"이제 꼬맹이 페터를 소개해야겠네요." 이본 고셰가 마르가레트에게 말했다. "학교로 아이를 데리러 갑시다."

그러더니 푸트렐 박사를 향해 말했다.

"마지막 진료 약속 잊지 말아요."

아마 그녀가 남편의 비서 일을 보는 모양이었다. 하지만 푸트렐이 과연 그녀의 남편일까? 들어오면서 본 문패에서 두 사람은 같은 성을 쓰지 않았다. 의사는 그녀에게 그 마지막 진료 약속이 몇시냐고 물었다. 저녁 일곱시.

의사는 그들을 아파트 현관까지 배웅했다.

"선생님 책을 읽었습니다." 보스망스가 복도로 나가려던 참에 말했다.

"정말요?"

푸트렐 박사가 이렇게 물으며 그에게 자조 섞인 미소를 던졌다.

"그렇다면 이거, 감상평이 궁금해지는데요."

그러곤 가만히 문을 닫았다.

거리로 나와, 보스망스는 마르가레트와 이본 고셰 사이에서 걸었다. 굽이 납작한 신발을 신었는데도 이본 고셰가 마르가레트보다 키가 조금 더 컸다. 얄팍한 스웨이드 재킷을 입고도 그녀는 별로 추위를 타는 것 같지 않았다. 그저 재킷의 깃만 세웠을 뿐이다. 세 사람은 일전에 본 영국제 자동차에 함께 탔다. 마르가레트가 앞자리에 앉았다.

"꼬맹이 페터는 아주 가까운 학교에 다녀요. 몬테비데오 가에 있어요." 이본 고셰가 말했다.

그녀는 느릿느릿하면서도 신경질적으로 차를 몰았다. 보스망스가 뒷좌석에서 보니, 몬테비데오 가까지 가는 동안 빨간 신호등을 한 번 무시한 것 같았다.

보스망스는 생각했다. 나는 그 사람들에 대해 아는 게 거의 없다. 그래도 그들에 관해 내게 남은 몇 안 되는 기억은 퍽 생생하다. 인생의 다른 시절들에 비해 우연과 허무가 더욱 크게 작용하는 짧은 만남들, 밤기차에서 이루어지는 만남처럼 내일이 없는 만남들. 그가 젊었을 적 탄 밤기차에서는 승객들 사이에 일종의 친교가 이루어지는 일이 잦았다. 그래, 우리는, 마르가레트와 나는 끊임없이 밤기차를 탔던 것 같다. 그래서 우리의 그 시절은

가다 서다를 반복했고, 혼란스러웠고, 서로 아무런 연관 없는 무수한 짧은 장면들로 뚝뚝 끊겼다…… 그리고 나에게 가장 큰 타격을 입힌 짧은 밤여행 중 하나가 바로, 우리가 앙드레 푸트렐, 이본 고셰, 그리고 그들이 '꼬맹이 페터'라고 불렀지만 당신과 나는 그냥 페터라고 부르는 편을 더 좋아했던 아이와 함께했던 여행이었다.

사십 년이 지난 지금 그 일에 질서를 부여하는 건 불가능하다. 아마 더 일찍 시도를 했어야 했는지 모른다. 이제 와 어떻게 퍼즐의 모자란 조각들을 다시 찾을까? 고스란히 남은 몇 안 되는 사소한 기억들로 그냥 만족해야 할 것이다.

그래, 그는 여러 번 이사를 했음에도 불구하고 앙드레 푸트렐의 책 『아슈타르테의 집회』를 간직했었다. 책의 면지에 헌사가 있었다. "모리스 브레브와 블뢰 가의 남녀들에게." 보스망스는 사십여 쪽밖에 되지 않아 팸플릿에 가까워 보이는 그 책을 대강 독파했다. 신비학을 다루는 책이었고, 보스망스가 제대로 이해했다면 앙드레 푸트렐은 『아슈타르테의 집회』에서 한 고등비교학秘敎學 연구모임의 대변인을 자처했다.

'블뢰 가의 남녀들에게'…… 분명 모든 건 끝에 가선 서로 뒤섞이게 마련이고 시간이 자아놓은 수많은 실들은 서로 마구 뒤엉켜 있다…… 처음 서로를 만난 날, 마르가레트와 그는 우연히 블뢰 가의 약국에 들렀다. 그리고 이십 년이 흐른 뒤, 그는 그 거리 27번지 이층에 자리한 아파트를 찾았다. 나이 지긋한 관리인은 그에게 이렇게 말했다. "있잖우, 옛날에는 이 집에서 웃기는 일들이 벌어졌다우." 보스망스는 책의 헌사를 떠올렸다.

"모리스 브레브라는 사람 이야기를 하시는 건가요?"

관리인은 젊은 남자가 어떻게 그런 걸 다 기억하느냐는 듯 놀란 표정이었다. 그리고 보스망스에게 기꺼이 이러저러한 이야기를 들려주었다. 하지만 그의 기억은 그다지 선명하지 않았다. 문제의 모리스 브레브는 블뢰 가 27번지 아파트에 남자와 여자들을 모아놓고 마법뿐 아니라, '미풍양속의 관점에서' 그보다 더 질책받아 마땅한 여타 실험들을 실행에 옮겼다고 했다. 『아슈타르테의 집회』에서 암시된 바 있던 '황금의 전례'와 '성체聖體 전수'를 말하는 것일까? 결국 브레브는 회원들과 함께 구속되었는데, 당국에서는 외국인인 그를 본국으로 추방해버렸다.

보스망스는 혹시나 하는 생각에 질문을 던졌다.

"혹시 앙드레 푸트렐이라는 사람은 기억이 안 나세요?"

관리인은 블뢰 가의 남녀들의 이름을 되살리려는 양 미간을 찌푸렸다.

"그게, 그 사람들 잡혀가던 날 밤에 보니까 적어도 스무 명은 모여 있더라고요. 말 그대로 일망타진이었다니까."

마르가레트가 처음으로 꼬맹이 페터를 방과 후 집으로 데리고 온 날, 보스망스도 그녀와 동행했다. 그들은 아파트 현관에서 앙드레 푸트렐과 마주쳤다.

"그래, 내 책을 읽었다고요? 놀라지는 않았고요?"

그는 삐딱한 미소를 짓고 있었다.

"잘 읽었습니다." 보스망스가 대답했다. "제가 신비주의에 관심이 꽤 많아서요. 그래도 그 책은 이해를 잘 못했습니다만……"

그는 이렇게 조금 비웃는 듯한 말투를 쓴 것을 후회했다. 하지만 그로선 결국 장단을 맞춘 것뿐이었다. 푸트렐이 그에게 말할 때 곧잘 쓰던 말투가 그랬다. 그 책은…… 젊은 치기에 저지른 실수지요. 푸트렐은 꼬맹이 페터의 어깨 위에 손을 얹으며 그 말을 한번 더 했다. 그리고 미소를 지었다. 그는 농담조로 보스망스에게 또 이렇게 말했다.

"그 책이 서점에 한 부도 남지 않았으니 안심이에요. 이참에 증거를 완전히 없애는 게 좋겠어요."

그날 밤 오퇴유에 있는 알제리인 자크의 술집에서 마르가레트는 보스망스에게 그녀의 새 주인들—그녀는 그들을 이렇게 불렀다—은 페른 부부와 비슷한 데가 하나도 없다고 말했다. 그녀가 이해한 바로 푸트렐은 정골整骨 전문의였다. 두 사람은 이 용어의 뜻을 사전에서 함께 찾아보았는데, 보스망스가 사십 년이 지나 회상하니 두 사람의 열의가 참 순진하게 느껴졌다. 명확하게 정의를 하고 나면 수집가가 나비를 핀으로 상자에 고정하듯 앙드레 푸트렐이라는 사람을 붙박을 수 있기라도 한 양…… 푸트렐은 마르가레트의 그달 치 월급을 이상한 방식으로 선지급했다. 그는 그녀가 보는 데서, 고깃고깃해진 수표 몇 장을 호주머니에서 꺼냈다. 그리고 그중에서 한 환자가 서명해 그에게 지불한 수표 한 장을 고른 뒤 거기에 마르가레트의 이름을 덧붙여 써넣은 다음, 그녀에게 빅토르 위고 대로에 있는 가까운 은행으로 가 현금으로 바꾸라고 말했다. 게다가 급료는 페른 교수의 집에서 받던 금액의 세 배였다. 아파트 맨 안쪽의 작은 진료실을 혼자 쓰고 있는 것으로 보아 이본 고세는 박사의 동업자인 듯했다. 환자들은 대기실에서 함께 있는 일이 없었고 서로 마주칠 가능성도 전혀 없었다. 그들은 다른 건물 계단으로 이어지는 긴 복도를 통해 바깥으로 나가도록 안내받았다. 왜였을까? 마르가레트는 호기심이 동해 꼬맹이 페터와 함께 그 통로를 이용해보았다. 그랬더니 프장드리 가가 나왔다. 아이를 학교에 데리고 가기에도 그쪽 길이 더 빨랐다.

"의사 선생님이 혹 당신 서점에서 찾을 수 있겠느냐면서 책 목록을 적어주었어요."

그러면서 그녀는 두 번 접힌 하늘색 편지지를 보스망스에게 전했다. 거기에는 그들 두 사람의 이름이 옅고 투명한 글씨로 인쇄돼 있었다. 닥터 앙드레 푸트렐-이본 고셰.

마르가레트의 말로는 꼬맹이 페터 역시 페른 교수의 아이들과 많이 다르다고 했다. 그녀는 아이가 푸트렐 박사와 이본 고셰의 친아들인지 아니면 입양된 아이인지 궁금해했다. 외모만 보면 아이는 두 사람 중 아무도 닮지 않았다.

마르가레트가 몬테비데오 가의 학교에 갔을 때, 교사는 그녀에게 아이가 수업중 주의가 산만하다고 말했다. 수업 내용은 듣지 않고 공책에 그림을 그리며 시간을 다 보낸다면서. 그녀는 아이가 혹시 혼이 날까 걱정되어 푸트렐 박사나 이본 고셰에게는 그 말을 전하지 않았다. 하지만 그럴 필요가 없었다는 걸 곧 깨달았다. 공책을 아이에게 준 사람이 바로 박사 본인이었고, 그가 아이와 함께 있을 때 그 공책을 주의깊게 들여다보는 것을 여러 차례 보았기 때문이다.

꼬맹이 페터는 마르가레트에게도 그 검은 공책을 보여주었다. 인물을 그린 그림, 상상의 풍경을 그린 그림. 학교에서 나오면, 아이는 짐짓 심각하게 그녀의 팔을 붙든 채 아주 똑바르고도 조용하게 그녀 곁에서 나란히 걸었다.

흘러가는 구름 모양의 기억들. 그것들이 차례로 미끄러져 지나가는 이른 오후, 보스망스는 집 소파에 누워 있었다. 뤼시앵 호른바허의 사무실에 있던 소파가 기억났다. 그는 천장을 응시했다. 초원의 풀을 베고 누워 사라져가는 구름을 바라보는 사람처럼.

어느 일요일, 푸트렐 박사와 이본 고셰는 보스망스와 마르가레트를 점심식사에 초대했다. 그들은 꼬맹이 페터까지 함께 보스망스가 처음 들어가보는 방에 자리를 잡았다. 똑같은 연녹색 정원용 철제 식탁과 의자들이 짝 맞춰 놓여 있었다. 식탁과 의자들은 그 넓고 텅 빈 방에 임시로 놓인 느낌이 들었다.

"여기 들어오면 왠지 캠핑 온 기분이 납니다." 푸트렐 박사가 말했다. "오래전부터 안 쓰는 방이거든요."

마르가레트도 보스망스도 그 말에 놀라지 않았다. 오랜 세월이 흐른 뒤, 보스망스는 그때 푸트렐 박사와 이본 고셰와 꼬맹이 페터가 무단으로 그 아파트에 들어가 산 것은 아닐까 생각했었다. 그리고 마르가레트와 나, 우리 둘 역시 무허가로 캠핑중이었다. 대체 어떤 계기가 있어야 우리는 이 세상을 살면서, 잘 태어나 잘 자란 사람들, 자신 있는 입술과 눈빛으로 부모에게 사랑받았다고 말하는 사람들에게서 보이는 그 한결같은 자신감과 적자嫡子다운 당당함을 가질 수 있는 것일까? 근본적으로는 푸트렐 박사나 이본 고셰나 꼬맹이 페터나 당신이나 나나 모두 같은 세계에 속해 있었다. 그건 어떤 세계였을까?

이본 고셰는 통이 좁은 검정 바지에 플랫슈즈를 신고 있었다. 보스망스는 그녀와 마르가레트 사이에 앉았다. 말총 모양으로 묶은 검은 머리를 보면 이본 고셰는 마르가레트보다 기껏해야 몇 살 더 많은 듯 보였지만, 어느 날인가 그녀는 보스망스에게 그녀가 푸트렐 박사를 아주 오래전 '블뢰 가의 남녀들' 시절부터 알고 지냈다는 암시를 한 적 있었다. 디저트 순서가 끝나자 꼬맹이 페터는 공책에 그림을 그렸다.

"당신 얼굴을 그리네요." 푸트렐 박사가 마르가레트에게 말했다.

그날 오후는 날씨가 좋았다. 그들은 불로뉴 숲까지 산책을 나갔다. 박사와 이본 고셰는 팔짱을 끼고 걸었다. 페터가 앞으로 달려나가자, 마르가레트는 아이가 빨간불이 들어온 도로를 혼자 건널까봐 아이를 따라잡으려 애썼다. 보스망스는 푸트렐 박사와 팔짱을 낀 이본 고셰의 우아함과 여유로움에 깊은 인상을 받았다. 그는 그녀가 과거에 분명 댄서였을 거라고 생각했다.

그들은 호숫가에 닿았다. 이본 고셰는 꼬맹이 페터와 저 앞 섬에서 미니골프 게임을 한 판 하고 싶다고 말했지만, 부교에는 섬을 오가는 배를 기다리는 사람이 벌써 너무 많았다.

"다음에 하지." 푸트렐 박사가 말했다.

돌아오는 길에도 꼬맹이 페터는 앞으로 달려나갔지만, 마르가레트는 이제 아이를 따라잡기를 포기했다. 아이가 나무 뒤로 몸을 숨기면 네 사람은 전부 아이가 보이지 않는 척했다.

"그런데 두 사람은 미래 계획이 어떻게 됩니까?" 앙드레 푸트렐이 느닷없이 보스망스와 마르가레트에게 물었다.

이본 고셰는 그 질문에 미소를 지었다. 미래…… 지금의 보스망스에게는 날카롭고도 신비로운 울림을 주는 말. 하지만 그때의 우리는 한 번도 미래에 대한 생각은 하지 않았다. 우리는 여전히, 우리가 가진 가능성을 인식하지 못한 채 영원한 현재 속에 있었다.

보스망스는 당시 페터의 나이가 기억이 나지 않았다. 여섯에서 여덟 살? 그는 아이의 새까만 눈, 갈색 고수머리, 꿈꾸는 듯한 분위기, 그리고 공책에 푹 파묻고 있던 얼굴을 떠올렸다. 아이는 정말로 부모와 닮은 데가 없었다. 그들은 정말 그 아이의 부모였을까? 아니 그전에, 그들은 호적 담당계원들이 쓰는 표현대로 남편과 처 관계였을까?

그는 페터를 학교에 데려다주지 않아도 되는 목요일에 마르가레트, 페터와 함께 이따금 나갔던 산책길을 떠올렸다. 셋이서 함께 오퇴유의 마르가레트 집 근처를 거닐었다. 몽수리 공원으로 나갈 때도 있었다. 생사도 알 수 없는 채로 마르가레트가 사라지고 난 후 그는 그 산책길을 곧잘 회상했다.

어떤 날들의 오후에 그렇게 셋이 함께 모인 것도 얼마나 기묘한 우연인가…… 몽수리 공원에 가면 두 사람은 한 사람이 책을 읽거나 맘껏 공상의 나래를 펼 수 있도록 삼십 분씩 번갈아서 아이를 지켜보았다. 한번은 딴 데 정신을 팔다가 호숫가 오솔길에서 페터를 잃어버릴 뻔한 적도 있었다. 그들도 벌써 부모가 될 수 있는 나이였건만.

그날은 보스망스에게 무언가가 종말을 고한 날이었다. 그는 곧잘 자문하곤 했다. 그때가 어떤 계절이었더라? 물론 오래된 달력들을 뒤져볼 수도 있었다. 그의 기억에 남은 지표들의 도움을 받아 마침내 그 계절과 정확한 날짜를 찾아낼 수 있었으리라. 아마도 그가 겨울중의 봄이라 부르는 1월이나 2월의 화창한 날이었을지 모르겠다. 아니면 4월인데도 벌써 무더운 봄중의 여름이었을 수도 있다. 아니면 가을에 찾아오는 인디언 서머였는지도 모른다. 서로서로 뒤섞이면서 시간이 멈춰선 듯한 느낌을 주는 계절들.

그날 오후, 그는 창고에서 푸트렐 박사가 편지지에 적어준 책들을 찾고 있었다.

-『쿰리스단團의 역사』, 티니아 파에리
-『백조 기사단 연보』
-『여성, 그 사랑의 리듬과 의례』, 발랑탱 브렐
-『헬리오폴리스 형제 기사단』, 클로드 디제
-『조용한 합일』, H. 커크우드
-『통치의 꿈과 수단』, 에르베 드 생드니

서점에 손님이 왔다는 걸 알리는 벨소리가 들렸다.

마르가레트가 얼굴을 일그러뜨리고 있었다. 힘들어서 말도 잘 못했다. 조금 전, 그녀는 아파트에 푸트렐 박사, 이본 고셰, 꼬맹이 페터와 함께 있었다고 했다. 페터를 막 학교로 데려다주려던 참이었다. 누군가 초인종을 울렸다. 푸트렐 박사가 가서 열었다. 현관에서 고성이 들렸다. 푸트렐 박사는 갈수록 높아지는 목소리로 계속 이렇게 말했다. "절대 아니에요, 절대 아니에요." 그는 수갑을 찬 채 세 남자와 함께 진료실로 들어왔다. 이본 고셰는 침착하게 똑바로 서 있었다. 꼬맹이 페터는 마르가레트의 손을 아주 꼭 쥐었다. 세 남자 중 하나가 이본 고셰에게 다가가더니, 웃옷 주머니에서 명함 한 장을 꺼내 그녀에게 내밀며 말했다. "우리와 함께 가시죠, 부인." 남자들은 그녀에게는 수갑을 채우지 않았다. 남은 두 남자는 벌써 푸트렐 박사를 밖으로 끌고 나간 뒤였고, 이본 고셰는 남은 세번째 남자가 바로 곁에서 지켜보는 가운데 책상 앞에 앉았다. 그녀는 처방전 종이에 몇 자 적어 그걸 마르가레트에게 내밀었다.

“이 주소로 페터를 데려다줘요.”

그러곤 아무 말 없이 페터를 한 번 껴안더니 남자를 뒤세우고 방을 나갔다. 여전히 꼿꼿하고 태연한 모습이 마치 몽유병 환자 같았다.

그날 밤 보스망스는 마르가레트를 파리 북역까지 배웅했다. 그전에 두 사람은 오퇴유에 있는 그녀 집에 들렀고 그녀는 허겁지겁 짐을 꾸렸다. 그녀는 혹 자신이 무언가를 잊어버리고 떠났을 경우 나중에 보스망스가 와서 찾을 수 있도록 그에게 집 열쇠를 맡겼다. 그녀가 끊은 밤기차 이등칸 표가 베를린행이었는지 아니면 함부르크행이었는지 그는 이제 기억하지 못한다. 출발 시각은 아홉시. 그들에게는 아직 한 시간이 남아 있었다. 그들은 마젠타 대로에 있는 한 카페의 안쪽 방으로 들어가 서로를 마주 보고 앉았다. 그녀는 푸트렐 박사와 이본 고셰를 데려간 남자 하나가 그녀에게 준 종이를 그에게 보여준다. 그녀는 다음날 아침 열시에 파리 경찰청으로 출두해야 한다. 그녀는 여태 간직하고 있던 기한 지난 여권을 제시할 것을 요구받았고, 남자는 그걸 보고 그녀의 이름과 여권번호를 기록했다. 보스망스는 파리에 그대로 있으라고 계속 그녀를 설득하며 마음을 돌리려 애를 쓴다.

안 돼요, 장, 그럴 수 없어요. 그 사람들은 알고 있어요. 당신에게는 말하지 않았지만 경찰 기록에는 있는 사정이 있어요. 그녀는 다음날 그들 앞에 나서느니 차라리 사라져버리기를 원한다. 더구나 푸트렐 박사와 이본 고셰에 대해서는 그들에게 말하려야 아무 말도 할 수가 없다. 그녀는 아무것도 아는 게 없다. 줄곧 아무것도 몰랐다. 결국은 나도 내가 무얼 아는지 몰라요. 그녀는 질문들에 더는 대답하지 않기로 아주 오래전에 굳게 결심했다. 내 말을 믿어요, 장, 그 사람들은 나 같은 사람을 잡으면 절대로 다시 놓아주지 않아요.

그 모든 세월이 흘러간 지금, 그에게는 해고를 통보받던 날 큼지막한 헝겊 주머니 속에 쟁여넣었던 사블리에 출판사의 책 이십여 권이 아직 남아 있다. 창고로 쓰던 옛 자동차 정비소와 서점 자리에 건물을 새로 짓는다고 했다. 챙긴 책들 중에는 앙드레 푸트렐에게 미처 전하지 못한 신비주의 관련 책들도 있었다.

얼마 전 그는 그 책들 중 한 권에 끼워져 있던 푸트렐 박사의 처방전 종이를 발견했다. 거기엔 큼직한 푸른 글씨로 이렇게 쓰여 있었다. '쉬잔 크라이 양의 집으로. 파보리트 가 32번지, 파리 15구.' 오랜 시간이 흘렀음에도 그의 눈에는 잉크가 금방 마른 듯 보였다. 약속 시간까지는 아직 시간이 있었다. 북역에서 밤기차에 오르기 전, 마르가레트는 그에게 이 쪽지를 주었다. 이본 고셰가 부랴부랴 적은 그 쪽지는 마르가레트가 그날 오후 페터를 데려다주어야 했던 집의 주소였다. 보스망스는 잠시 기차간 안에 그녀와 함께 있었다. 함부르크 혹은 베를린에 도착하자마자 그녀가 주소를 알려오면 그가 그리로 가서 만나기로 약속했다. 가장 좋은 방법은 편지를 보내거나 사블리에 서점으로 전화를 거는 것이라고 그는 말했다. Gobelins 43 76. 하지만 여러 해가 지나도록 편지 한 통 오지 않았고 전화벨도 울리지 않았다.

헝겊 주머니에 쟁인 책 꾸러미를 들고 뤼시앵 호른바허의 옛 사무실을 떠난 날부터 그는 종종 똑같은 꿈을 꾸었다. 텅 빈 사무실의 전화가 한참 울리고 그는 그 소리를 멀리서 듣지만 서점으로 가는 길을 찾을 수 없다. 그는 어딘지 모를 파리 한 구역의 좁은 길들이 만든 미로에서 길을 잃는다. 잠에서 깨면 그곳이 어디인지 지도에서 찾아보려 했지만 허사였다. 그러다 얼마 안 가더는 꿈에서 전화벨 소리가 들리지 않았다. 사블리에 서점의 주소는 더이상 존재하지 않으니 함부르크나 베를린에서 편지가 온들 결코 수신지에 닿지 못할 것이었다. 마르가레트의 얼굴도 결국엔, 북역에서 기차가 덜컹거리자 유리창 쪽으로 몸을 숙이고 그에게 연거푸 손을 흔들던 그날 밤 그녀의 모습처럼 멀어져 지평 너머로 사라졌다. 그 자신도 그후 이어진 어수선한 시절을 살면서 얼마나 많은 밤기차를 탔던가……

그는 그 거리가 처음이었다. 그래도 살면서 여러 시기에 걸쳐 그 동네를 드나든 적은 있었는데 그럴 때면 보통 볼롱테르 역에서 내렸었다. 그는 왜 자신이 마르가레트가 떠나고 난 뒤 꼬맹이 페터와 그 이상한 부모가 어떻게 됐는지 알아보지 않았을까 하는 생각이 들었다. 초기에는 마르가레트의 침묵으로 인해 깊디깊은 공허감을 느꼈고…… 이후에는 망각이 순간순간 기세를 뻗쳤다.

파보리트 가 32번지. 육층 건물. 그는 도로 건너편 인도에 가만히 서서 건물의 정면을 바라보았다. 행인들의 주의를 끌 염려는 없었다. 토요일 오후의 거리는 텅 비었다. 다른 세기에 벌어진 다른 삶 속에서, 마르가레트는 꼬맹이 페터를 쉬잔 크라이라는 사람에게 맡기기 위해서 아이를 데리고 몇 층으로 올라갔을까? 각 층에는 창문이 다섯 개씩 나 있었고, 건물 정면 한가운데 보이는 창문들은 입구 위로 돌출돼 있었다. 발코니들, 테라스들,

그리고 맨 위층 처마에 둘러진 돌출된 띠 장식.

그는 관리인실 문을 두드렸다.

"쉬잔 크라이라는 사람이 지금도 여기 삽니까?"

삼십대의 여자였다. 그녀는 그의 말을 알아듣지 못한 것 같았다. 그녀는 의심스러운 눈초리로 그를 바라보았다. 그는 이름의 철자를 불러주었다. 그녀는 아니라는 뜻으로 고개를 저었다. 그러곤 관리인실 문을 닫았다.

그는 그렇게 될 줄 알고 있었다. 그건 아무래도 좋았다. 그는 바깥으로 나와서 얼마간 더 그 건물 앞에 머물렀다. 햇빛이 따사로웠다. 거리는 고요했다. 순간, 그런 확신이 들었다. 움직이지 않고 인도에 가만히 서 있기만 하면 보이지 않는 벽을 서서히 통과할 수 있으리라는 확신이. 그래도 자리는 여전히 같은 자리다. 거리가 더 고요해지고 볕이 더 잘 들었을 수는 있겠다. 한 번 일어난 일은 무한히 반복된다. 저쪽 길 끝에서 마르가레트가 꼬맹이 페터—그녀가 즐겨 말하던 대로 그 녀석—의 손을 잡고 32번지와 그를 향해 걸어올지도 모른다.

베를린은 여름이었다. 전차들은 밤늦도록 완만한 곡선을 그리며 치온스키르헤 가와 카스타니엔 가를 끼고 지나갔다. 전차들은 거의 비어 있었다. 왠지 아무 전차나 한 대 집어타도 그를 마르가레트에게 데려다줄 것 같은 생각이 들었다. 그러면 시간의 흐름을 거슬러가는 느낌이 들리라. 모든 일은 생각보다 더 간단했다. 떠나오기 전, 그는 파리에서 컴퓨터에 '르 코즈', 그다음엔 '마르가레트 르 코즈'를 입력해보았지만 아무것도 얻을 수가 없었다. 그러다 선잠이 들었는데, 열이 펄펄 끓는 밤에 토막토막 끊긴 채 뇌리를 떠나지 않는 어떤 말들처럼 떠오르는 문장들이 있었다. "그러면 브르타뉴에서 나셨어요?" "아뇨, 베를린에서요." 그는 '마르가레트 르 코즈'와 '베를린'을 함께 입력했다. 모니터에 딱 하나의 결과가 떴다. 마르가레트 르 코즈 - 라디즈니코프 서점. 디펜바흐 가 16번지. 10405 베를린. 전화/팩스 +49.(0)30.44.05.60.15. 그는 전화를 걸지 않을 것이다. 밤을 달리는 텅 빈 전차를 타지도 않을 것이다. 지하철도 타지 않을 것이다. 그는 걸어서 갈 것이다.

그는 이른 낮에 프렌츠라우어 베르크 쪽에서 출발했다. 주머니에는 베를린 지도가 들어 있었는데 가야 할 길은 벌써 빨간색으로 표시를 해두었다. 그는 이따금 길을 잃었다. 프렌츠라우어 가를 따라 내려가던 그는 왼쪽으로 난 길을 따라가면 그것이 지름길일 거라는 생각이 들었다. 길을 따라가자 곳곳에 무덤이 들어선 작은 숲이 나왔다. 숲속 묘지 한가운데 난 길을 지날 때 한 젊은 여자가 자전거 짐받이에 아이를 태운 채 그를 앞서 지나갔다. 카를 마르크스 가를 지날 때는 광활하도록 넓은 대로와 거대한 병영 같은 콘크리트 건물들을 보고도 어리둥절할 만큼 낯선 느낌이 들지는 않았다. 이 도시는 나와 동갑이다. 나 역시 지난 수십 년 동안 수직으로 뻗은 너른 길을 닦고 반듯반듯한 건물들과 푯말들을 세워 늪지를, 본연의 무질서를, 나쁜 부모를, 젊은 날의 실수를 가리려 애썼다. 그러나 그 모든 노력에도 불구하고, 이따금 나는 불현듯 누군가의 부재가 절실하게 느껴지는 공터 위로, 회한처럼 전쟁의 상처를 간직한 일련의 낡은 건물들 위로 툭 떨어진다. 보스망스는 더는 지도를 참고할 필요를 느끼지 않았다. 그는 앞으로 똑바로 걸어가 철교를 건너고, 슈프레 강에서 다리 하나를 더 건넜다. 그게 설령 돌아서 가는 길이라고 해도 상관없었다.

괴를리처 공원 가장자리에는 젊은이들이 인도 한가운데까지 나온 카페 테이블에 앉아 있었다. 앞으로 마르가레트와 나는 어쩌면 이 도시의 최고령 주민이 될지도 모르겠다. 그는 공원을 가로질러갔다. 공원은 처음에는 숲속의 작은 빈터 같더니 그다음에는 끝없이 넓은 공터처럼 보였다. 과거 이곳에는 기차역이 있었고, 어쩌면 마르가레트는 그 역에서 밤기차를 타고 어디론가 떠났을지 모른다. 하지만 그걸 어떻게 알 수 있겠는가? 머릿속의 모든 게 뿌예졌다. 그는 운하를 따라 가로수 그늘 아래를 걸었다. 꼭 프랑스의 마른 강 가를 걷는 것 같았다.

작은 다리를 건넜다. 앞에 보이는 작은 공원에서 아이들이 놀고 있었다. 그는 한 피자 가게 테라스에 자리잡고 앉았다. 거기에서는 다리와 운하 저편에 줄지어 선 건물들과 나무들이 보였다. 너무 많이 걸었다. 다리가 아팠다.

옆 테이블에는 삼십대로 보이는 남자가 앉아 있었다. 남자는 이제 막 영어 제목이 붙은 책을 덮었다. 보스망스는 그에게 디펜바흐 가가 어디쯤이냐고 물었다. 바로 저쪽으로 가서 왼쪽으로 첫번째 길이라는 대답이 돌아왔다.

"라디즈니코프 서점이라고 아십니까?"

그는 남자에게 영어로 물어보았다.

"네, 잘 알죠."

"서점 주인이 여자인가요?"

"네, 아마 프랑스 사람인 것 같아요. 독일 말을 할 때 프랑스 억양이 약간 들리거든요. 아니면 러시아 사람일지도……"

"서점 단골이세요?"

"이 년 전부터요. 주인 여자가 사비니 광장 쪽에 있던 러시아 서점을 인수하고 이쪽으로 옮겨왔어요."

"그런데 서점 이름이 왜 라디즈니코프랍니까?"

"옛 러시아 서점 이름을 그대로 쓰는 거예요. 전쟁 전부터 있던 서점이죠."

남자 자신은 미국인인데 몇 년 전부터 베를린에서 살고 있다고 했다. 집은 그곳에서 멀지 않은 디펜바흐 가 인근이라고 했다.

"거기 가면 꽤 흥미로운 베를린 관련 책과 자료 들이 있어요."

"주인 나이가 몇 살쯤 돼 보이던가요?"

"선생님 나이예요."

보스망스는 이제 그녀의 나이가 기억나지 않았다.

"가족은 있던가요?"

"아뇨, 제 생각에는 혼자 사는 것 같아요."

남자는 자리에서 일어나 보스망스와 악수를 했다.

"괜찮으시면 서점까지 제가 같이 가드릴게요."

"지금 당장 갈 건 아닙니다. 여기서 햇볕 쬐면서 좀더 앉아 있으려고요."

"혹 정보가 더 필요하다면, 제가 베를린에 관한 책을 쓰고 있는지라……" 그렇게 말하면서 남자는 명함을 건넸다. "저는 거의 항상 이 부근에 있습니다. 서점에 가시거든 제 안부 좀 전해주세요."

보스망스는 남자를 눈길로 좇았다. 남자는 디펜바흐 가의 모퉁이를 돌아 사라졌다. 명함에는 로드 밀러라는 이름이 쓰여 있었다.

잠시 후 그는 서점으로 들어갈 것이다. 어떻게 말문을 열어야 할지 잘 떠오르지 않을 것이다. 그녀는 그를 알아보지 못할지도 모른다. 혹은 그를 잊었을 수도 있다. 사실 두 사람의 행로가 포개진 것은 아주 짧은 동안이었다. 그는 그녀에게 이렇게 말할 것이다.

"로드 밀러가 안부를 전하더군요."

그는 디펜바흐 가를 따라 걸었다. 소나기가 내렸다. 여름 소나기는 그가 가로수 아래로 몸을 피하며 걸어가는 동안 기세가 누그러졌다. 오랜 세월 그는 마르가레트가 벌써 죽었다고 생각했었다. 그럴 리가 없다. 그래, 그럴 리가 없다. 우리 둘이 태어나던 그해, 이 도시를 하늘에서 내려다보면 잔해 더미에 불과했던 그해에도 공원 저 구석 폐허 사이에서는 라일락이 꽃을 피웠다.

너무 많이 걸었더니 피로했다. 하지만 이번에야말로 평온한 느낌과 함께, 그가 어느 날 떠나온 그 장소 그 지점으로 같은 시간 같은 계절에 돌아왔다는 확신이 들었다. 마치 시계의 두 바늘이 정오가 되면 하나 되어 만나는 것처럼. 그는 공원에서 들려오는 아이들의 외침 소리와 옆에서 들리는 나직한 대화 소리에 몸을 실은 채, 반은 깨고 반은 잠든 듯한 상태로 부유하듯 걸었다. 저녁 일곱시다. 로드 밀러는 서점 주인이 밤늦도록 문을 열어둔다고 했다.

옮긴이의 말

밤기차를 탄 청춘에 관한 같지만 다른 변주

2014년 10월 9일 스웨덴 한림원은 파트릭 모디아노를 노벨문학상 수상자로 발표하며 그가 "기억의 예술을 통해 불가해한 인간의 운명을 소환하고 독일 점령기 프랑스의 현실을 드러냈다"고 선정의 근거를 밝혔다. 짧게 정리된 이 선정의 변대로 파트릭 모디아노는 1968년 출간된 첫 소설 『에투알 광장』에서 시작해 1978년 공쿠르상 수상작인 『어두운 상점들의 거리』를 거쳐 노벨문학상 수상자 발표가 있기 불과 며칠 전 출간된 최신작 『네가 길을 잃어버리지 않게*Pour que tu ne te perdes pas dans le quartier*』에 이르기까지 거대한 역사 한가운데서, 혹은 그 그늘 속에서 상처 입은 개인의 운명이라는 주제를 줄기차게 천착해왔다. 그래서 모디아노의 작품들을 두고 동일한 주제에 의한 변주들 같다 곧잘 평하거니와, 본 작품 『지평*L'horizon*』도 그 일련의 변주 속 한 자리를 차지하고 있다. 그리고 변주를 시작하고 이끌어가기 위해 작가는 예의 "기억의 예술"을 구사한다.

우리는 이야기가 시작되는 현재 육십대를 보내고 있는 소설가 장 보스망스의 기억을 따라 한 과거를 찾아간다. 과거 회귀의 단초와 수단은 작가의 다른 작품에 등장하는 사설탐정의 전문성도 아니요, 과거사가 기록된 자료도 아니다. 보스망스는 다만 시커먼 기억의 운해 속에서 금방 꺼져버릴 깜부기불처럼 명멸하는 불빛들을 길잡이 삼는다. 불빛은 때로 이름이고, 때로 얼굴이며, 때로 파리의 지하철역이고 거리이다. 그것들이 과거 어느 시간 어느 장소에 유예된 채 그대로 남은 영원한 현재들로 보스망스를 인도한다. 그리하여 보스망스가 동면하던 기억들을 깨워 궁극에 찾아간 시공간은 사십여 년 전 1960년대 중반의 파리이다. 그곳에서는 어디서 내릴지 모를 '밤기차'를 탄 듯 단속적인 삶을 이어가는 약관의 남녀가 인생의 한 짧은 시기를 함께 보내고 있다.

작품 출간 후 프랑스 온라인 매체 〈미디어파트〉와의 인터뷰에서 작가가 작품의 시대 배경과 관련해 한 이야기에 따르면, "알제리 전쟁이 끝나고 몇 해 지나지 않은 당시의 파리에는 무거운 위협이 상존하는 듯한 이상한 기후가 내려앉아 있었고, 그 속에서 젊은이들은 본인이 불법체류자가 된 듯한 느낌을 받았다." 거기에, 작가의 작품 배경으로 곧잘 등장하는 독일 점령기가 이야기의 직접적 배경은 아니지만, 전쟁을 몸소 겪었을 '나쁜 부모'에게서 나고 그들이 규정하는 유년기를 지나온 두 젊은이에게 삶은 때로 전쟁만큼 차갑고 잔인하다. 부모의 유기와 방치와 학대는 모디아노의 작품에서 흔히 그러하듯 주인공의 성격을, 세상과 사람을 대하는 방식을, 그리하여 운명을 결정짓는다. 체념이 성격이 되어 삶과 사람에게 늘 관조적 일정 거리를 유지하던 보스망스마저 작품이 막바지를 향해갈 즈음에 이르러서는 "대체 어떤 계기가 있어야 우리는 이 세상을 살면서, 잘 태어나 잘 자란 사람들, 자신 있는 입술과 눈빛으로 부모에게 사랑받았다고 말하는 사람들에게서 보이는 그 한결같은 자신감과 적자嫡子다운 당당함을 가질 수 있는 것일까?" 하고 토로할 만큼 부모의 굴레는 끈덕지다. 그리하여 괴물에 다름아닌 어머니의 학대를 받는 장 보스망스와 어머니와 절연하고 한 남자의 추적에 시달리는 마르가레트 르 코즈는 불안과 열등감과 이유 없는 죄책감을 공유한다. 그들은 순간순간 먼 지평을 향한 탈주를 꿈꾸지만 눈앞에 출구는 보이지 않는다. 그러다 마르가레트가 정말로 독일행 밤기차를 타고 파리를 떠나버린 날, 두 사람이 동병상련의 마음으로 함께한 청춘의 한 시절도 막을 내린다.

그렇다면 명멸하는 불빛을 하나둘 따라가다 결국 직면한 과거의 한 시기가 이별로 귀결된 지금, 모디아노의 과거 회귀가 곧잘 그래왔듯 이 작품 또한 막다른 골목에서 길을 잃은 채 막을 내릴 것인가?

그렇지 않다. 작가가 앞서 언급한 인터뷰에서 "지평이란 과거와 현재와 미래가 포개져 혼재하는 시공간"이라 밝힌 만큼, 『지평』에는 미래가 있다. 사십 년 전에는 보이지 않던 출구가 보인다. 미래의 무대는 베를린이다. 장 보스망스가 말하기를 "나와 동갑"인 도시. 장 보스망스와 파트릭 모디아노가 태어나던 1945년에 다시 태어난 도시. 처음의 혼돈을 극복하고 재건된 도시. "하늘에서 내려다보면 잔해 더미에 불과했던 그해에도 공원 저 구석 폐허 사이에서는 라일락이 꽃을 피"운 도시. 마르가레트 르 코즈의 고향. 그곳에서 보스망스는 사십 년간 이어진 단절을 뒤로하고 마르가레트를 향한 서두르지 않는 발걸음을 옮긴다. 그렇다면 사십 년이 흐르는 동안 장 보스망스는, 그리고 마르가레트 르 코즈는 밤기차에서 내렸을까? 상존하는 위협으로부터 벗어나기 위해 부리나케 짐을 꾸려 열차에 오르고 낯선 역에서 내려 매번 제로에서 다시 시작하던 삶을 벗어났을까? 도약과 탈주를 위한 수단으로 글쓰기에 매달리던 청년이 스무 권이 넘는 책을 세상에 내놓은 작가로 성장한 지금, 장 보스망스는 마르가레트 르 코즈와 새로운 땅에서 새로운 관계를 맺을 수 있을까? 상상의 지평은 열려 있다.

그래서 『지평』은 작가 자신이 앞서 말한 인터뷰에서 인정하듯 모디아노 최초의 "미래지향적" 소설이고, 문예 월간지 〈르 마가진 리테레르〉에 의하면 "아무것도 달라지지 않았지만 모든 것이 달라진" 모디아노의 작품이고, 서두에서 언급한 변주의 개념을 빌려 말하자면 주제는 동일하되 유별한 화성으로 마무리되는 변주일 터이다. 보스망스와 마르가레트 르 코즈의 예정된 만남에 현대 문명의 이기인 인터넷이 결정적인 역할을 한다는 사실도 '미래지향적' 관점에서 시사하는 바가 크다. 『지평』에서 인터넷은 긴 질문과 탐색이 귀결할 곳을 마련해주는 긍정의 매체이다.

그렇다면 이 작품의 결말을 "나는 언제나 똑같은 책을 써온 것 같다"고 스스로도 여러 차례 말한 모디아노 작품 경향의 변화의 단초로 읽어도 될까? 최신작 『네가 길을 잃어버리지 않게』를 보면 그건 그렇지 않은 것 같다. "한 작품을 시작하면 기억상실처럼 이전 작품들을 잊는다"는 작가의 말이 증명이라도 하듯, 미래를 향해 기꺼이 열렸던 문을 작가는 그사이 잊었다. 최신작의 마무리에서 긴 과거 회귀의 과정 끝에 독자가 마주치는 것은 어느 날 아침 잠에서 깨어나보니 마지막으로 기댄 이마저 곁에 없고 막다른 길에 홀로 남은 어린 소년이다.

권수연

파트릭 모디아노 연보

1945년 7월 30일 불로뉴비양쿠르에서 이탈리아계 유대인 혈통의 사업가 아버지 알베르 모디아노와 벨기에 영화배우인 어머니 루이자 콜페인(본명은 루이자 콜핀) 사이에서 태어남. 부모는 점령기 파리에서 만나 신분을 감춘 상태에서 함께 살았다. 무역업에 종사했다는 것 외에는 정확하게 알려진 것이 없는 아버지는 불확실한 신분 상태로 대부분 부재 상태였고 어머니 역시 순회공연으로 집을 비우는 일이 많아서 모디아노는 어린 시절의 상당 부분을 여러 기숙학교에서 보냈다.

1947년 남동생 뤼디 태어남.

1956년 파리 공립학교에서 파리 근교 주이앙조자스의 몽셀 기숙학교로 전학.

1957년 남동생 뤼디가 혈액 관련 병으로 세상을 떠남. 뤼디를 무척 아꼈던 그는 1967년에서 1982년 사이에 발표한 초기 작품들을 뤼디에게 헌정한다. 동생의 죽음은 그의 어린 시절의 종말을 의미했으며 그는 이 시절에 대해 간절한 향수를 지니게 된다.

1960년 오트사부아 산악지대의 생조제프 중고등학교에 입학. 열다섯 살에 어머니의 친구이며 『지하철 안의 자지*Zazie dans le métro*』의 작가로 유명한 소설가 레몽 크노를 기하학 개인교사로 모시게 되면서 크노를 통해 문학의 세계에 눈뜨게 된다. 크노와의 만남은 결정적이었다. 크노를 통해서 그는 갈리마르 출판사의 칵테일파티에도 참석하여 문단의 저명인사들을 만난다.

1962년 6월 안시에서 한 해 먼저 대학입학자격시험을 치른다. 9월 파리로 돌아와 앙리 4세 고등학교 입학. 불과 몇백 미터 거리에 사는 부모와 떨어져 또다시 기숙사 생활을 시작하지만, 몇 달 후 기숙사를 나와 더이상 공부를 계속하지 않고 문학에 열정을 바치기로 결심.

1967년 첫 소설 『에투알광장*La place de l'Étoile*』을 완성하여 레몽 크노에게 원고 검토를 부탁함.

1968년 크노의 주선으로 『에투알광장』이 갈리마르 출판사에서 출간되어 로제 니미에 상과 페네옹상을 수상함. 이후 오로지 작가로서 글쓰기에만 전념함.

1969년 『야간순찰*La ronde de nuit*』 출간.

1970년 9월 12일, 도미니크 제르퓌스와 결혼. "우리 결혼식 날에 대한 참담한 기억이 남아 있다. 그날 비가 왔다. 정말 악몽이었다. 우리 결혼식의 증인은 청소년 시절부터 파트릭의 후원자였던 레몽 크노와 우리 아버지의 친구인 앙드레 말로가 서주었다. 그들은 뒤뷔페에 대해 논쟁을 하기 시작해 우리는 거기서 마치 테니스 경기를 구경하는 관람객 꼴이 되었다. 그

장면을 찍은 사진이라도 있었으면 재미있었을 텐데 사진기를 가지고 온 단 한 사람은 그만 그 안에 필름 넣는 것을 잊어버렸다. 그래서 우리에게 남은 것은 우산을 쓴 채 등을 돌리고 있는 단 한 장의 사진뿐이다." (도미니크 제르퓌스, 2003년 10월 6일 〈엘르〉와의 인터뷰)

1972년 『외곽 순환도로*Les boulevards de ceinture*』를 발표하여 아카데미 프랑세즈 소설 대상을 수상함.

1973년 영화 〈라콩브 뤼시앵*Lacombe Lucien*〉의 시나리오를 씀.

1974년 〈라콩브 뤼시앵〉이 루이 말의 연출로 완성되어 상영됨. 2차 대전을 배경으로 항독운동에 가담하려고 시도했다가 도리어 친독 의용대 활동을 하게 된 청년의 이야기로, 등장인물의 행동에 정당성이 없다는 이유로 논쟁을 불러일으킴. 만딸 지나 태어남. 아버지의 재능을 물려받은 딸은 훗날 영화 연출 및 시나리오와 동화 등을 집필.

1975년 『슬픈 빌라*Villa triste*』 출간. 이듬해 리브레리상 수상.

1977년 『추억을 완성하기 위하여*Livret de famille*』 출간.

1978년 『어두운 상점들의 거리*Rue des boutiques obscures*』로 공쿠르상 수상. 둘째 딸 마리 태어남.

1981년 『청춘 시절*Une jeunesse*』 『메모리 레인*Memory Lane*』(피에르 르탕 삽화) 출간.

1982년 『그토록 순수한 녀석들*De si braves garçons*』 출간.

1983년 『청춘 시절』이 모셰 미즈라히의 연출로 동명의 영화로 제작, 상영됨.

1984년 발표한 전 작품으로 모나코 피에르 대공 문학상 수상. 『잃어버린 거리*Quartier perdu*』 출간.

1986년 『팔월의 일요일들*Dimanches d'août*』 출간.

1988년 『발레 소녀 카트린*Catherine Certitude*』(장자크 상페 삽화), 『감형*Remise de peine*』 출간.

1989년 『어린 시절의 탈의실*Vestiaire de l'enfance*』 출간.

1990년 『신혼여행*Voyage de noces*』 출간.

1991년 『폐허의 꽃들*Fleurs de ruine*』 출간.

1992년 『서커스가 지나간다*Un cirque passe*』 출간.

1993년 『고약한 봄*Chien de printemps*』 출간.

1995년 『슬픈 빌라』를 개작하여 파트리스 르콩트가 연출한 영화 〈이본의 향기*Le parfum d'Yvonne*〉와 그가 시나리오를 쓰고 파스칼 오비에가 연출한 영화 〈가스코뉴의 아들*Le fils de Gascogne*〉이 상영됨.

1996년 『아득한 기억의 저편*Du plus loin de l'oubli*』 출간.
레지옹 도뇌르 '슈발리에' 훈장 수훈.

1997년 『도라 브루더*Dora Bruder*』 출간.

1999년 『신원 미상 여자*Des inconnues*』 출간.

2000년 발표한 전 작품으로 폴모랑 문학 대상 수상.

2001년 『작은 보석*La petite bijou*』 출간. 『팔월의 일요일들』을 각색해 마뉘엘 푸아리에가 연출한 영화 〈테 키에로*Te quiero*〉 개봉.

2003년 『한밤의 사고*Accident nocturne*』 출간. 모디아노가 시나리오를 쓰고 장폴 라프노가 연출한 영화 〈여행 잘하세요*Bon voyage*〉 개봉.

2005년 『혈통*Un pedigree*』 출간.

2006년 『그토록 순수한 녀석들』을 각색해 미카엘 에르스가 연출한 영화 〈샤렐*Charell*〉 개봉.

2007년 『잃어버린 젊음의 카페에서*Dans le café de la jeunesse perdue*』 출간.

2010년 『지평*L'horizon*』 출간.

2012년 『밤의 풀*L'herbe des nuits*』 출간.

2014년 『네가 길을 잃어버리지 않게*Pour que tu ne te perdes pas dans le quartier*』 출간.
노벨문학상 수상.
레지옹 도뇌르 '오피시에' 훈장 수훈.

2017년 『잠든 추억들*Souvenirs dormants*』 출간.

지은이 **파트릭 모디아노**

1945년 프랑스 불로뉴비양쿠르에서 태어났다. 열여덟 살 때부터 소설을 쓰기 시작해 『외곽 순환도로』로 아카데미 프랑세즈 소설 대상을, 『어두운 상점들의 거리』로 공쿠르상을 수상하는 등 지난 40년간 프랑스 현대문학이 낳은 가장 탁월한 작가 중 하나로 평가받고 있다. 2014년 노벨문학상을 수상했다.

옮긴이 **권수연**

홍익대학교 건축학과와 한국외국어대학교 통번역대학원 한불과를 졸업했다. 옮긴 책으로 『네가 길을 잃어버리지 않게』 『악의 숲』 『인형』 『언노운』 『단테의 신곡 살인』 『그렇지만, 이건 사랑이야기』 『슈퍼스타』 등이 있다.

문학동네 세계문학

지평

1판 1쇄 2014년 12월 5일 | 1판 3쇄 2018년 8월 20일

지은이 파트릭 모디아노 | 옮긴이 권수연 | 펴낸이 염현숙
책임편집 김이선 손예린 | 편집 이승환 | 독자모니터 이수경
디자인 고은이 최미영 | 저작권 한문숙 김지영
마케팅 정민호 정진아 함유지 김혜연 박지영 김수현 | 홍보 김희숙 김상만 이천희
제작 강신은 김동욱 임현식 | 제작처 한영문화사(인쇄) 경일제책사(제본)

펴낸곳 (주)문학동네
출판등록 1993년 10월 22일 제406-2003-000045호
주소 10881 경기도 파주시 회동길 210
전자우편 editor@munhak.com | 대표전화 031) 955-8888 | 팩스 031) 955-8855
문의전화 031) 955-8862(마케팅) 031) 955-7972(편집)
문학동네카페 http://cafe.naver.com/mhdn | 트위터 @munhakdongne
북클럽문학동네 http://bookclubmunhak.com

ISBN 978-89-546-2655-2 03860

www.munhak.com

우리가 서로를 기억하지 않는다면
사는 것이 무슨 소용일까.

2014 노벨문학상 수상 작가
파트릭 모디아노의 대표 걸작

어두운 상점들의 거리 김화영 옮김

"나는 아무것도 아니다."

파트릭 모디아노의 대표작. 기억상실증에 걸린 한 퇴역 탐정이 자신의 과거를 추적하는 여정을 그린 소설이다. 소멸한 과거와 잃어버린 삶의 흔적, 악몽 속에서 잊어버린 대전(大戰)의 경험을 주제로, 프루스트가 말한 존재의 근원으로서의 '잃어버린 시간'을 특유의 신비하고 몽상적인 언어로 탐색해냈다.

잃어버린 젊음의 카페에서 김윤진 옮김

"오직 도망치는 순간에만 온전히 나 자신이었다."

어느 날 '진정한 삶'을 찾아 나선 한 여인. 과거의 악몽들과 단절되어 살 수 있는 곳을 찾아 표류하다 '잃어버린 젊음'이라 불리는 카페 '르 콩데'에 좌초한다. 속절없이 소멸되는 관계를 거부하는 여자 '루키', 그녀를 기억하는 세 남자가 파리 구석구석 흩어진 그녀의 발자취를 더듬어간다. 세 남자의 목소리를 통해 드러나는, 각기 다른 공간 속 한 여인의 윤곽.

추억을 완성하기 위하여 김화영 옮김

"삶은 하나의 추억을 완성하기 위해 애쓰는 것."

삶의 한가운데서 뜻하지 않게 만났다 헤어지는 사람들, 모였다가 흩어지는 물건들, 그리고 잃어버린 시간…… '나'는 어두운 기억 속에 빛을 비추며 과거의 세밀한 조각들을 하나씩 모아 추억을 완성해나간다. 모디아노의 자전적 경험과 허구적 기억이 뒤섞인 열다섯 개의 이야기.